65 Jahre Freude am Leben – und du?

Maximilian S. Freund

65 Jahre

Freude am Leben – *und du?*

15 Jahre Abenteuer und Ernst des Lebens in
Brasilien und wieder zurück

Teil II

Satz und Umschlaggestaltung: text + taler GmbH, Hamburg
Herstellung und Verlag: Books on Demand GmbH, Norderstedt

ISBN 978-3-8448-0650-2

Vorwort

Hallo! Ich und mein Gott in mir
grüßen dich und deinen Gott in dir.

Ein Leben mit unvorstellbaren Höhen und ebensolchen Abgründen. 42 Umzüge und spannende Abenteuer in vier Kontinenten. Viele amouröse, fantasieanregende und sexy Abenteuer. Leidenschaftliche Liebe mit Frauen jeder Abstammung. Mit zwei Ehen, fünf Kindern ausländischer Abstammung und einem süßen Enkelkind. Dazu über Hundert verschiedene aufregende, deprimierende, best- und unterbezahlte Jobs.

Schicksal oder Karma – jede Ursache hat eine Wirkung und jede Wirkung hat eine Ursache. Jede Aktion erzeugt eine bestimmte Reaktion. Aktion ist gleich Reaktion. Wie auch immer, ich versuche, hier die Aktionen und Reaktionen meines Lebens zu schildern.

Es war und ist kein einfaches, normales Leben, in dem ich wie auf einer gepflasterten Straße immer bequem hätte gehen können oder gehe, aber dafür wuchsen und wachsen auf meinem Wege immer viele interessante und schöne Blumen.

Meinen schon verstorbenen Eltern, all meinen Freunden und vor allem meiner Frau, meinen Kindern und meiner ganzen Familie habe ich es zu verdanken, dass ich diesen Weg bis heute gehen durfte und es bis hierher geschafft habe.

1.

Auf geht's wieder einmal und dieses Mal direkt in meine dritte Traumstadt: Rio de Janeiro, Brasilien. Um eine „Marinus"-Pleite zu verhindern, überschrieb CD ich all meine schon geschaffenen Kontakte und Anbahnungen.

Um die Sprache im neuen Land – Portugiesisch – machte ich mir keine Sorgen, ich konnte ja fließend Spanisch. Wer's kennt, weiß, dass es nicht ganz so einfach ist. Die Basis ist ähnlich, aber die ist es auch in Französisch. Wie ein Versuch ausgeht, sich in Frankreich mit Spanisch gut zu verständigen, kann wahrscheinlich jeder vorhersagen.

Heute ist der vorletzte Maitag des Jahres 2011. Es ist bis zu 32 Grad warm, laut Radiosender ist es seit dem Beginn der Temperaturaufzeichnung am Ende des 19. Jahrhunderts der wärmste Frühling. Als Extra-News wird noch berichtet, dass die Welt im letzten Jahr, trotz großer Versprechen auf den Klimakonferenzen, 1,2 Gigatonnen mehr Kohlendioxyd in die Atmosphäre gepumpt hat als im Vorjahr. Da weiß man wieder, dass das Wort „versprechen", speziell wenn es von Politikern gebraucht wird, doppeldeutig zu nehmen ist.

Die erste Nacht verbrachte ich in Zürich. Am Bahnhof angekommen, nahm ich mir ein Taxi, das eine halbe Stunde durch Zürich fuhr, um mich zum Hotel zu bringen. Doch wahrscheinlich war schon immer ein Stempel auf meiner Stirn, auf dem „Schwachkopf", „Idiot" oder etwas Ähnliches steht, denn beim Aufwachen am nächsten Morgen kamen mir die

Geräusche sehr bahnhofsähnlich vor. Aus dem Fenster sah ich, dass der Bahnhof war fast genau vor dem Hotel lag.

Am nächsten Tag dann aber auf nach Rio! Im Flugzeug lernte ich als Sitznachbarn einen jungen Matrosen so um die dreißig kennen. Olaf war sein Name. Nicht gerade ein Adonis, aber er bereitete sich auf seine Flitterwochen vor oder, wie man heute sagt: Er flog zu einem Date. Über eine Agentur hatte er seine zukünftige Liebe kennengelernt und jetzt besuchte er sie. Er hatte ein Bild dabei, es zeigte eine reinrassige Mulattin, eine Mischung aus Weiß und Schwarz, die meist gelingt, zusammen mit ein paar Angaben zur Person und übersetzten Liebesbezeugungen. Die Sonia, so ihr Name, sprach weder Deutsch noch Englisch. Das wäre ja kein Problem, wenn unser Olaf Portugiesisch oder Englisch gesprochen hätte. Aber nein, er konnte sich nur über – das in Brasilien natürlich sehr hilfreiche – Hamburger Platt verständigen.

War wohl wieder mein Schicksal oder mein Schutzengel. Denn mit relativ wenig Geld und außer den Vorgaben von Interplan und dem Yacht-Club von Rio war ich sonst gänzlich planlos. Schon konnte ich zum Wohle des armen Brautsuchenden, aber auch des Besitzers von viel Auslösegeld von seiner letzten Heuer, ein gemeinsames Vorgehen, fast eine neue Geschäftsidee entwickeln. Später zusammen vom Flughafen ins gleiche Hotel und gleiche Zimmer. Gemeinsame Strand-, Restaurant- und Barbesuche und als Gegenleistung meine Übersetzungskünste. Immerhin besser und hilfreicher als gar keine Sprachkenntnisse. Für das tiefere Kennenlernen ist bekanntlich international keine Sprache notwendig. Da fällt mir der Witz aus der Münchener TZ ein: „Papa, die

Araber lernen ihre Frau erst nach der Hochzeit kennen." Worauf der Papa meint: „Das ist ja genau wie bei uns."

Doch zunächst schlug uns, am Flughafen in Rio angekommen, schon vor dem Öffnen der Flugzeugtüren ein furchtbarer Gestank entgegen. Heute weiß ich, dass der Ursprung bei den Raffinerieabfällen der staatlichen Erdölgesellschaft Petrobras an den Stränden in der Nähe des Flughafens zu suchen war. Als wir aus dem Passagierraum heraustraten, erst einmal ein Schlag ins Gesicht, denn sofort kam uns die unglaubliche Hitze mit vielleicht 70 oder 80 Prozent Luftfeuchtigkeit entgegen. Nach dem in Entwicklungsländern üblichen Disput und Palaver unter den Taxifahrern ging es dann in einem VW-Käfer mit einem Vordersitz für den Fahrer und uns auf der hinteren Bank ab ins 17 Kilometer entfernte Zentrum, um uns herum umweltverschmutzende Autos und Busse ohne Ende. Die Straßen fast alle eine einzige Baustelle. Da es noch keine elektrischen Warnleuchten gab, mussten es über Holzpfosten nach unten gestülpte Putzeimer tun. Heutzutage gehört der damals noch den Namen Galleão tragende Flughafen zu den modernsten weltweit und man kommt vom Flugzeug über eine elektrische Brücke direkt in den durch eine Klimaanlage gekühlten Teil des Flughafens. Er heißt heute Aeroporto Internacional Tom Jobim, zu Ehren des großen brasilianischen Komponisten. Auch die Taxis sind modern ausgestattete Limousinen und alles ist bestens organisiert. Die Putzeimerindustrie hat also einen Kunden verloren und die Petrobras strengt sich mächtig an, um ihr grünes Konzept ohne Gestank bis zur Fußball WM 2014 und zur Olympiade 2016 in den Griff zu bekommen.

In meiner Freizeit begann ich dann auch sofort meiner Aufgabe nachzugehen. Mit dem Taxi und Herzklopfen an den mit Wachpersonal bestückten Eingang des am Flamengo-Strand gelegenen Yacht-Clubs von Rio de Janeiro und nach dem Kommodore Senhor Carlos de Brito gefragt. Er war im Moment nicht anwesend, wurde aber noch erwartet. Als Gringo und nach Aufnahme der Personalien am Empfang wurde ich in das Clubrestaurant geführt, um dort zu warten. Ein schöner, nett dekorierter Club mit vielen Blumen sowie Motor- und Segelyachten in allen Größen. Der Service in dem Restaurant des schönen Clubhauses mit großer überdachter Terrasse war natürlich mehrsprachig. Es gab drei wunderschöne gastronomische Bereiche: den luxuriösen Salão Nobre mit Blick auf den Zuckerhut, den in Weiß gehaltenen und von großen Fenstern eingerahmten Salão Marlin Azul und am beleuchteten blauen Pool die Pergola der Piscina (die Website unter www.icrj.com.br ist sehenswert).

Als kommunikativer Deutscher inmitten von immer sehr neugierigen und kommunikativen Brasilianern ergaben sich bald die ersten für mich notwendigen Informationen und Kontakte. Der Kommodore stellte sich als sehr netter Mann heraus, zudem war er Abgeordneter (jeder hat auch schwache Seiten). Er hörte sich mein Anliegen an, teilte mir aber sofort mit, dass er weder den CD kenne noch ein Empfehlungsschreiben von ihm bzw. von Interplan erhalten habe. Gott sei Dank hatte ich die „General Manager"-Visitenkarte des Unternehmens dabei.

Der Kommodore fand die Idee grundsätzlich nicht schlecht. Er nahm sich die Zeit und führte mich ein wenig durch den

Club und die Hafenanlagen. Zuletzt lud er mich zu einem Drink ein und stellte mich ein paar Clubmitgliedern vor. Es ist auch in Brasilien so, dass eine Yacht ganzjährig hohe Kosten verursacht und doch nur relativ wenig genutzt wird. Damit war die Basisvoraussetzung unseres Grundkonzeptes auch hier bestätigt.

Nach einigen Besuchen kannte mich das Wach- und Empfangspersonal und mein Zugang war auch ohne Mitgliedschaft gesichert. Das ist eben der „Jeitinho Brasileiro" oder auf Bayrisch: „Geht scho. Wo ist das Problem?" Ich traf verschiedene Personen immer öfter und konnte mein Idee ankern – ein guter Begriff angesichts dieses Clubs. So lernte ich eine Familie kennen: Pedro Capeto, seine Frau Vera und die Kinder Pedrinho, Veronica und den Ältesten, von dem mir der Name nicht mehr einfällt. Außerdem die aus Deutschland stammende Mutter von Vera, Donna Käthe Hammerschmied, eine alleinstehende ältere Dame und Unternehmerin, sowie Benedito, den Mitgesellschafter und Freund von Pedro und Familie. Sie waren schon jahrelang Mitglieder des Clubs und hatten eine kleine 45-Fuß-Motor-Yacht. Die beiden Chefs waren Inhaber der größten Händlerniederlassung für VW und Scania, der Guanauto Vehiculos SA in Rio und Niteroi, sowie der größten Tankstellengruppe von Rio, der Mercantil Itaipava. Benedito, genannt Bene, war auch noch Vizepräsident des CNC, dem nationalen Handelsverband von Rio de Janeiro (Confederação Nacional de Comércio). Der Präsident des CNC und beider Firmen war Senator Jesse Pinto Freire.

Aus den Kontakten wurde ein freundschaftliches Verhältnis und Bene, der zwar unverheiratet war, aber mit Diener, Chauffeur und einem importierten Mercedes zusammenlebte, lud mich als Gast in sein über 200 Quadratmeter großes Apartment ein, ein Penthouse an der Edeladresse Ave Rui Barbosa 636 direkt am Strand zwischen der Praia de Botafogo und Flamengo. Da die Gebäude an der Rui Barbosa um einen kleinen Berg gebaut waren, hatten wir über eine Brücke exklusiven Zugang zu dem an der Spitze eingebauten Pool und von der Terrasse einen Blick zur Bahia de Guanabara mit Yacht-Club, Zuckerhut und der Brücke von Rio-Niterói, die zur damaligen Zeit weltweit längste sechsspurige Brücke.

Pedro wohnte mit Familie 100 Meter weiter in einer 300-Quadratmeter-Wohnung. Für deutsche Verhältnisse mag das schon übermäßig groß erscheinen, aber ich wurde später eines Besseren belehrt. Von einer Studienkollegin in das Apartment ihres Vaters, einem großen brasilianischen Medienunternehmer, eingeladen, stand ich in einer über 800 Quadratmeter großen Wohnanlage auf zwei Stockwerken mit nur vier Bewohnern: Vater, Mutter, Bruder, sie und ein Haufen Bedienstete. Jedes Bad – und natürlich eines für jeden – war größer als meine heutige Zwei-Zimmer-Wohnung. Ihr Bruder kam später bei einem Flugzeugabsturz ums Leben. Jedes Apartmenthaus, auch die simplen, hatte zumindest zwei Eingänge, einen für die Hausangestellten, „do servico", der andere für die Bewohner, wo auch ein Empfang war, von dem aus die Besucher „social" telefonisch avisiert wurden. Die Wohnungen waren immer in zwei Bereiche geteilt, den der Besitzer und den der Bediensteten, mit Schlafraum bzw. -räumen und entsprechenden Duschen und Toiletten. Dazu die Küche, die Vorratskammer und die Waschküche zum Waschen, Trocknen und Bügeln.

In Benes Wohnhaus gab es nur eine Wohnung je Stockwerk. Auch für mich, durch den Mexikoaufenthalt an einigen Luxus Gewohnten, war dies eine neue Dimension an Reichtum – während bei mir selbst, wie gewohnt, Reichtum eher minus war, aber Hoffnung plus herrschte. Denn die von CD versprochene monatliche Unterstützung als Rio-Niederlassungsleiter und General Manager kam komischerweise nie an.

Als kommunikativer und oft aus der Situation heraus gezwungen offener Mensch erzählte ich Bene, wie es zu der Gesamtlage gekommen war, und auch von meiner Mona. Er stellte mich als Verkaufsleiter für die Minishops in seinen Tankstellen ein. Davon träumt man in Deutschlands Tankstellen noch nicht einmal: Die größte der Tankstellen verkaufte an die 1,4 Millionen Liter und das jeden Monat. Mit einem schon ganz vernünftigen Salär und, trotz des Höllenverkehrs, Firmenauto war ich also wieder im Rennen. Bald darauf mietete ich ein kleines Ein-Zimmer-Appartement im 32. Stock des neuesten und, wie ich mich erinnere, größten Hochhauses am Anfang der Ave Rui Barbosa.

Das hieß aber nicht, dass ich meine Interplan-General-Manager-Pflichten vergessen hätte. Eines Tages gab es einen Kongress in London, an dem auch die Câmera de Comércio teilnahm. Der Vertreter, ein Senhor Pedro Pedrosa, flog beim Rückflug im Auftrag der Organisation und des Senators Freire über München, um die Firma und CD kennenzulernen. Die Vorstellung gelang. Kein Wunder: CD mit 15 Jahren Brasilienkenntnis und fließendem Portugiesisch, dazu eine Villa in

Grünwald. Nachdem Senhor Pedro Pedrosa zurück war und Bericht erstattet hatte, kam frischer Wind in die Angelegenheit. Es wurde geplant, einen neuen Yachthafen an der Praia de Flamengo zu bauen, wo man CD eventuell mit ins Spiel bringen könnte. An die geplante Charteryacht war auf Grund von deren geringer Größe – bis zu circa 14 Meter Länge und damit ohne Kabine für Bootsmann etc. – nicht zu denken, europäischen Touristen mit dem entsprechenden Kleingeld haben da andere Erwartungen.

Nach einigen Vorbereitungen wurde ein Treffen zwischen Bene und CD vereinbart. Mein Freund und Matrose war in der Zwischenzeit mit seiner jungen Liebe im Gepäck nach Deutschland zurückgekehrt und mein Kontakt verlor sich auf Nimmerwiedersehen oder -hören.

Aber meine Mona hatte es fertiggebracht, sich meine Adresse in Rio zu besorgen, obwohl ich ihr nur eine Ansichtskarte geschrieben und mich ansonsten nicht gemeldet hatte. Sie schrieb mir verliebte und traurige Briefe. Da kam doch auch bei mir ein wenig die Sehnsucht durch. So planten wir den geschäftlichen Teil mit CD und den Privaten mit Mona und meiner Familie. Zuerst flog ich nach München, dann nach Rom, wo ich Bene abholte, und weiter nach Cannes, um mit dem Auto nach Port Grimaud, gegenüber von Saint-Tropez, um dort auf CDs 55-Fuß-Yacht zu kommen. Port Grimaud mit seinen Kanälen, den verankerten Yachten vor den Villen und den Anfahrtswegen via Auto auf der Rückseite erinnerte mich sehr an Cabo Frio bei Rio.

Alle Flüge wurden von Bene oder der Handelskammer und das Mietauto mit Firmenkreditkarte von CD bezahlt.

Die Yacht war ein Prunkstück, mit englischem Kapitän in weißem Hemd, dunkelblauen Shorts, weißen Kniestrümpfen und Tennisschuhen. Die Stewardess auch ganz schick in Blau und Weiß, aber mit Rock. Nach jedem Sprung ins Wasser an der Côte d'Azur und anschließendem Wieder-an-Bord-Kommen wartete sie mit einem weißen Badetuch und einem Glas Champagner in der Hand. Armut pur! Es gab auch einige prominente Gäste.

Da, gerade da, machte CD einen großen Fehler. Er erzählte Bene nach ein paar Gläschen unter vier Augen, dass ich ein guter Erzähler, in Wirklichkeit aber nichts weiter als ein Kellner und Blender sei. Klar, dass CD nicht im Traum ahnen konnte, dass Bene über meinen Werdegang bereits von mir selbst bestens unterrichtet worden war. Vielleicht hatte er nicht ganz unrecht, aber wie konnte er so dumm sein? Ich hatte Bene aus Brasilien und ohne wesentliche Kosten dorthin gebracht und er erzählt so etwas über seinen General Manager und Partner. Bene war sehr verärgert. Ohne dies zu zeigen, erfand er einen plötzlichen Termin und verließ mit mir das Boot.

CD vereinbarte noch einen gemeinsamen Termin mit ihm und Bankern in seinem Haus in München. Bene wollte aber auf keinen Fall noch etwas mit ihm zu tun haben. Wir fuhren nach München, wo er Mona, Papa, Gisa meine Brüder und Ria kennenlernte. Die Gisa hatte für alle groß aufgekocht und war berechtigterweise sauer, weil wir vor dem Mittagessen zu Hause schon im Münchener Franziskaner etwas probiert hatten. (Erst gestern bei ihrer Feier zum 70. Geburtstag erzählte sie uns das wieder, das nennt man Erinnerung.) Unser Gast lernte noch ein wenig von meiner bayerischen Heimat kennen und dann flogen wir zusammen wieder nach Brasilien. Mona wollte, sobald sie ihre Dokumente bzw. das Visum bekommen hatte, nach Rio nachkommen.

CD hatte, nachdem sich Bene nicht mehr gemeldet hatte, schon mehrfach in Brasilien angerufen und Telegramme geschickt, um sich nach seinem Verbleib zu informieren. Dann schrieb er mit der Hand einen längeren, verärgerten Brief, in dem er Bene ankündigte, dass, sollte dieser mich protegieren, er das nicht akzeptieren und alles Erdenkliche gegen mich unternehmen würde. Aber was soll's – er war 12.000 Kilometer weg und frustriert aufgrund der vertanen Chance und dem Korb bei dem von ihm organisiertem Banker-Meeting.

Ich arbeitete weiter bei Mercantil Itaipava und machte in einer der renommiertesten Fachhochschulen von Brasilien, der Fundação Getulio Vargas, einen Abschluss in Buchhaltung. Die Professoren waren alle Vize-Präsidenten bei der Banco Lar Brasileiro, deren Gesellschafter die Chase Manhattan und die Deutsch-Südamerikanische Bank waren. Unsere Referenten bemerkten mein Interesse und luden mich zu einem Intensivkurs der Bank für Theorie und Praxis der Bilanzanalyse ein. Mit Freude sagte ich zu.

In der Zwischenzeit versuchte Mona in München ihr Visum zu bekommen, doch ohne Erfolg. Ich flog wieder nach Deutschland, um selbst mit ihr im Konsulat nach dem Rechten zu sehen. Auch ohne Erfolg. Auf dem schon gebuchten Rückflug hatte ich eine, von Mona aus Korea mitgebrachte, sehr schöne und große Vase auf dem Nachbarsitz. Sie wurde zu einer Lampe umfunktioniert und steht heute im Apartment unserer Tochter Kiki. Alle waren verärgert, auch Bene, der ja immer half, wenn Not am Manne war. Zusammen mit dem Präsidenten der Handelskammer und von Benes und Pedros Firmen, dem Senator Jesse P. Freiera, nahmen wir einen neuen Anlauf. Jesse war verantwortlicher Senator für das Auswärtige Amt und wollte von dem Konsul in München Details wissen. Es stellte sich heraus, dass der Konsul ein persönlicher Bekannter von CD war.

Mit der Anweisung von Jesse und einem Empfehlungsschreiben von João Havelange, dem Vorgänger von Joseph Blatter als Präsident der FIFA, flogen Bene und ich wieder nach München, um Mona mit Visum abzuholen. Der Konsul ging in Urlaub und die Vize-Konsulin stand sofort mit dem Visum bereit. Nach weiterer Forderung des Senates nach einer Erklärung für den Vorgang entschuldigte sich der Konsul und erwähnte einen Brief von CD, in dem dieser Mona absurderweise beschuldigte, von Korea nach Deutschland Drogen mitgebracht zu haben. Diesen Brief, von einer von der eigenen Galle vergifteten Person geschrieben, hatte er aber schon vernichtet.

Das anstehende Weihnachtsfest feierten wir zusammen mit der ganzen Familie. Dann wir alle drei ab nach Brasilien. Freude überall. Der mit Erfolg absolvierte Intensivkurs führte zur Festanstellung als Kreditanalyst und man lud mich zum Ehrensocio des Yachtclubs ein.

Ich und alle Brasilianer um uns herum gaben sich die größte Mühe, Mona die neue Heimat in jeder Beziehung schmackhaft zu machen. Natürlich gab es abgesehen von mir, Vera und deren Mutter nicht viele Personen zur Unterhaltung für Mona. Es dauerte nur kurze Zeit, bis sie – trotz aller Anstrengungen, persönlicher und finanzieller, um sie nach Brasilien zu holen und es ihr hier angenehm zu gestalten – wieder nach Deutschland zurückflog. Es war einige Tage vor meinem 27. Geburtstag, was mich besonders traurig machte. Auch Bene war nach seinem ganzen Einsatz von ihrem Verhalten nicht sehr begeistert und ich, klaro, noch viel weniger.

Aber wie es halt so ist, einmal das Revier markiert, sucht man, es, bis man es wiederfindet und sein Eigen nennt. Nach drei Monaten entschied ich mich, wieder nach Deutschland zu fliegen, um zu heiraten. Ich verabschiedete mich von Bene, der verständlicherweise sauer war, aber mir großzügig, wie er war, noch ein sattes, unglaubliches Abschieds- und Hochzeitsgeschenk von circa 10.000 DM mitgab und uns viel Glück wünschte. Meine Absicht war es, auf jeden Fall wieder zurückzukommen. So mietete ich für zwei Monate später ein Apartment in der Rua Barata Ribeiro, einer Parallelstraße zur Nossa Senhora Copacabana, der weltberühmten, kilometerlangen Strandstraße von Rio de Janeiro.

Wenn ich an die bekannten Strände wie den von Ipanema denke, kommt mir sofort der Song „The Girl from Ipanema" in den Sinn und es fällt mir ein, dass heute, da ich dies schreibe, am 10.06.2011, der 80. Geburtstag von João Gilberto, dem Vater des Bossa Nova, ist. Als erster Bossa-Nova-Song gilt „Chega de Saudade" („Schluss mit der Sehnsucht"), geschrieben von Antonio Carlos Jobim (Musik) und Vinícius de Moraes (Text), bekannt geworden in der Interpretation von João Gilberto. Die Arrangements von Gilberto und Jobim mit ihrer neuen

Mischung aus Samba und Cool Jazz immer mehr Aufsehen. Die Arrangements basierten auf einem oft flüsternden Gesangsstil, der begleitet wird von der virtuos gespielten Gitarre Joãos. Ihr Musikstil und die Spielweise wurden sehr schnell von weiteren, meistens jungen Musikern adaptiert. Heute lebt der weltbekannte Musiker zurückgezogen ein Eremitendasein.

In der Banco Lar Brasileiro nahm ich nur Urlaub für meine Hochzeit, um nach der Rückkehr sofort weiterarbeiten zu können. Die Hochzeit feierten wir mit der ganzen Familie. Trauzeugen waren Onkel Pepi und mein Freund Matthias. Mein Hochzeitgeschenk für Mona war eine Schiffsreise von Genua bis Rio de Janeiro. Es war eine wirklich schöne und fröhliche Reise und das Schaukeln des Schiffes half uns anscheinend bei der Zeugung unseres ersten Lieblings Silke. Zwei Premieren auf einmal: Hochzeit und Schwangerschaft, verheiratet und Papa in spe. In Wirklichkeit über viele Jahre hinweg bis heute die Basis und der Anfang von täglich vielen Premieren. Ein komplett neues Leben mit Verantwortung und all dem, was einem die zehn Gebote und unsere Eltern mit auf den Weg gegeben und vorgelebt haben. Es wurde aber auch Zeit, schon war ich 28 Jahre alt geworden.

Gott sei Dank hatte sich Bene, ledig und ohne Kinder, auf Grund der Erwartung und Freude auf das Baby und unser Angebot, dessen Taufpate zu sein, bald wieder mit uns versöhnt. Mona bekam in der Klinik von Dr. Ivo Pitanguy, dem weltweit operierenden und famosen plastischen Chirurgen, in Botafogo eine Arbeit als Nachtschwester. Pitanguy operierte viele Prominente und konnte sich perfekt in fünf Sprachen verständigen. So auch mit Mona.

Das nächste Highlight: Unser erstes Baby, unsere Tochter Silke. Bei einer gynäkologischen Kontrolle im Krankenhaus brachte es eine Schwester doch fertig, die Fruchtblase meiner Frau zu durchstechen. Mona sollte im Krankenhaus bleiben, während ich schnell nach Hause fuhr, um die üblichen Utensilien zu holen. Als ich zurückkam, die Überraschung – ich war bereits Papa. Die Kleine wurde mit 2.080 Gramm und einen Monat zu früh geboren. Schon bald ging es mit Kind im Taxi wieder nach Copacabana. Sie wog nur knapp zwei Kilo, passte gerade in meine zwei Hände und der Schweiß troff überall an mir herunter. Sie war mit Haaren und einem süßen Gesicht geboren worden. Ganz bayerisch. Ganz klar nicht. Da ja, wie jeder weiß, die asiatischen Gene immer die Oberhand behalten, sah sie schon sehr der Mama ähnlich. Die Mischung von uns zwei hat ihr anscheinend gutgetan. Sie hatte nie eine große Krankheit, war immer ein liebes, ruhiges Kind, ohne uns bis zum heutigen Tage irgendeinen Ärger zu bereiten.

Jetzt aber zur Aufgabenteilung: Fütterung durch Brust und Flasche und dann Windeln wechseln und baden. Die Natur schloss das eine aus, doch bei den anderen Dingen war ich voll mit engagiert. Windeln kaufen, wechseln und Popo mit feuchtem Tuch säubern, Waschen der Windeln und das im großen Stil, dutzendweise. Es kann wenigstens niemand behaupten, ich hätte nie etwas Wesentliches zur Babyphase beigetragen.

Ein Leben kommt und mit ihm viel Freude und ein Leben

verabschiedet sich mit viel Trauer: Meine liebe Oma war gestorben. Mich hatte aber niemand informiert, so dass ich erst Monate später davon erfuhr.

Die Freude mit unserer Kleinen hatte auch auf unseren Freund Bene und die ganze Pedro-Capeto-Familie übergegriffen. An den Wochenenden fuhren wir meist mit ihnen in das Wochenendhaus am Canal da Ogiva von Cabo Frio, den Ort, an den ich mich bei CDs Yachttour vor Port Bou erinnert fühlte. Er liegt circa 150 Kilometer nördlich von Rio und hat einen wunderschönen kilometerlangen, weißen, breiten Sandstrand und viele aus Meerwasser gebildete Kanäle mit Villen, vor den meisten davon lagen Yachten. Wenn es möglich war, blieb die Mona eine ganze Woche mit der Silke dort. Das neue, perfekte Leben. Ich Bankangestellter, Mutter Krankenschwester, Tochter süß und gesund heranwachsend, Ehrenmitglied im Yachtclub, reiche, uns liebende Freunde und nettes Hauspersonal. Da kam die Bank auf mich zu und machte mir das Angebot, Kundenbetreuer deutscher Unternehmen in Belo Horizonte zu werden. Wie man sich vorstellen konnte, passte mir dies überhaupt nicht und ich zeigte bewusst wenig Interesse. Belo Horizonte war um die 450 Kilometer von Rio entfernt und Hauptstadt des wirtschaftlich drittreichsten brasilianischen Bundesstaates Minas Gerais. Mitten im Lande und ohne jegliches Meer. Um mir die Idee schmackhaft zu gestalten, bot man mir das Dreifache meines derzeitigen Gehaltes. Jung und an einem selbstständigen beruflichen Aufstieg interessiert, war es mir klar, dass bei einer Ablehnung meinerseits das Karriereende bei der Bank angesagt war. Auch erhielt man eine derartige Chance bestimmt nicht so schnell noch mal. Für mich eine Ausnahme, aber hier gewann der Spruch: „Zu mancher richtigen Entscheidung kam es nur, weil der Weg zur verkehrten gerade nicht frei war". Also sagte ich, nach Absprache mit Mona, zu.

Ade, brasilianische Familie, ade, Pitanguy und guter Service, willkommen in „Be-aga" wie man BH, die Abkürzung für „Belo Horizonte", auf Brasilianisch ausspricht. Der Bundesstaat Minas Gerais heißt übersetzt „Land der Mienen". Es wird dort vor allem Eisenerz gefördert, in der Zeit der portugiesischen Kolonisation wurde von dort aus auch Gold nach Portugal gebracht. Die Bevölkerung arbeitet in den Minen, in Hüttenwerken, in der Rinderzucht und auf Kaffeeplantagen. Bekannt ist die als Weltkulturerbe ausgezeichnete Stadt Ouro Preto mit ihren barocken Bauwerken. Der Grund des Interesses der Banco Lar Brasileiro und für meine Versetzung aber waren Unternehmen wie Krupp, Isomonte, Pohlig-Heckel, Demag, Ferrostahl und Küttner, die dort eigene Produktionsstätten unterhielten. Die Führungskräfte waren selbstverständlich fast alle Deutsche und damit mein Aufgabengebiet definiert: die Betreuung dieser Unternehmen in einer Bankfiliale in der Rua Espirito Santo im Zentrum von BH.

Wir hatten eine einfache, aber moderne Zwei-Zimmer-Wohnung gemietet. Ich weiß noch, dass die Böden aus Parkett waren. Mona kümmerte sich in dieser Zeit um unser Baby, mich und den Haushalt. In kürzester Zeit hatte ich mich in meine, mir einen Riesenspaß bereitende Aufgabe als Betreuer eingearbeitet. Der zuständige Filialleiter und Direktor war auch Deutscher und die Hierarchie darüber bestand zumeist aus Amerikanern aus dem Hause Chase. Alle, inklusive ich selbst, waren mit meiner Leistung sehr zufrieden.

Im Moment aber sitze ich in unserer Wohnung im vierten Stock. Es ist Donnerstag, 5 Uhr nachmittags. Ich sitze im Wohnzimmer mit unserem roten drei- und einteiligen Sofa, dem von Frank und Renate geschenkten Sideboard mit dem Fernseher von Beate und Günter darauf, den Vorhängen von Aldi, einem sehr schönen, ovalen Glastisch und der darüberhängenden Glühbirne. Das Sofa und den Tisch hatten wir bei unserem letzten Auswanderungsversuch an die Kinder verschenkt, die uns die Möbel jetzt wieder zurückgegeben haben. Vor mir mein heutiger Liebling und dies seit 17 Jahren, Hemden und Hosen bügelnd und singend. Sie hatte mich gebeten, am PC einige brasilianische Lieder von Gal Costa, Alcione und Benito de Paulo zu spielen. Da kommt sofort Sehnsucht auf und die Lust, meine Erinnerungen wieder aufleben zu lassen. An und für sich sagt mir mein Inneres, ich solle jetzt lieber arbeiten, bei eventuellen Kunden für Termine anzurufen. Aber ich bin etwas müde und fühle mich im Moment ein wenig überlastet, was bei mir eher eine Seltenheit ist. Warum das so ist, darauf werde ich später zurückzukommen. Brasilianische Musik im Hintergrund, schreibe ich weiter.

Zurück nach Belo Horizonte und zu meinem Erfolg in der Bank. Oder war es zwar das neue Paradies, aber auch wieder die alte Schlange? An einem der Tage rief mich der Gerente de Cambio aus der Devisenabteilung aus São Paulo an. Es wäre ein Herr Matthias S. dort, der mit mir verwandt sei und eine

Menge Bargeld zum Tauschen und Anlegen dabei habe. Ob ich das befürworte. Ich erklärte ihm, dass er mein Onkel sei und aus einem sehr wohlhabenden Hause stamme. Matthias hatte sich vorher nicht einmal gemeldet, so dass ich keine Ahnung hatte, was er vorhatte und woher das Geld war. Was er aber dann sofort mit einem Besuch nachholte. Nicht ganz zum Gefallen von Mona, die, auf Grund seiner Vergangenheit, verständlicherweise nie ein großer Fan von ihm war und wurde. Er erklärte mir, hier in Brasilien wohnen zu wollen, und bat mich bis zu seiner legalisierten Immigration das Geld in meinem Namen in festverzinslichen mittel- und längerfristigen Fälligkeiten anzulegen.

Eines Tages kam der verantwortliche Vorgesetzte aus Rio und rief mich zu einem Gespräch zu sich. Er teilte mir auf die gute amerikanische Art des „hire and fire" meine Kündigung mit. Als Begründung gab er meine nicht ausreichende Leistung an. Für mich war das ein Witz, denn ich war bei Weitem der beste Mitarbeiter der Filiale.

Meine Welt brach zusammen. Ich wohnte in Belo Horizonte, war frisch verheiratet, mit einem Baby und ohne Job. Gott sei Dank hatte ich einen guten Freund, auch Direktor der Bank, Jose Ribeiro Dantas, der mir verriet, dass es ein internes Schreiben gab, in dem das Wort „Haftbefehl" stand. Das wurde ja immer schlimmer! Was sollte ich tun? Ob das etwas mit Matthias zu tun hatte?

Mein Gott stand aber wie immer bereit, um mir den Weg zu weisen. Bene als Schutzengel besorgte über Jesse sofort einen Termin beim deutschen Konsul in Rio. Ohne die Intervention des Senators wäre ich bei der Arroganz der Mitarbeiter der

Auslandsvertretungen nie und nimmer bis zum Konsul vorgedrungen. Dieser erklärte uns, dass auf Grund meiner Absenz in Deutschland ein Haftbefehl wegen Unterschlagung gegen mich vorläge. Kläger war CD mit der Aussage, dass ich mit seiner Kreditkarte ohne Zustimmung ein Auto gemietet hätte. Aha, das war also seine angekündigte Rache! Es war das Auto gemeint, mit dem ich Bene bei seiner Reise abgeholt und wieder zurückgefahren hatte. Interessant sind die unglaublichen Zusammenhänge: CD kannte Herrn Rudolph Leiding, Vorstandsvorsitzender bei VW do Brasil, der direkten Einfluss im oder Beziehungen zum Aufsichtsrat der Bank hatte, was dann wiederum zu meiner Kündigung führte. Über einen deutschen Anwalt konnte die Sache aber schnell in Ordnung gebracht werden, das Verfahren wurde eingestellt und der Haftbefehl aufgehoben. Ich wollte noch Schadensersatz, aber man sagt ja, dass ein guter Anwalt immer so gut ist wie sein Mandant und dass dieser in der Nähe sein sollte. Doch wäre ich in dieser Zeit nach Deutschland gekommen, hätte man mich gleich am Flughafen verhaftet.

Aber es war wie immer: Wo Schatten ist, da ist auch Licht. Mein Licht war die Banco Francês e Brasileiro, assoziiert mit der damals größten Bank Frankreichs, der Crédit Lyonnais. Mein Aufgabengebiet: wieder Kundenbetreuer der deutschen Unternehmen vor Ort, nur diesmal in direkter Zusammenarbeit mit der Bank in Frankfurt. Hochinteressant und mit einem beachtlichen Limit bei der Kreditvergabe. Wieder einmal aus der Spur geworfen – und wieder einmal zurückgekommen. Gott sei Dank, was mehr kann ich sagen. Zur Feier kamen dann mein Papa und Gisa, um uns zu besuchen und die kleine Silke kennenzulernen. Mein jüngster Bruder, genannt Andi, damals etwa zwei Jahre alt, war auf Grund der Strapazen bei meinem jüngeren Bruder und seiner Frau Ria in Deutschland geblieben. Es war ein permanentes Feiern. Alle unsere Freunde, Bene, Pedro und Familie, gaben sich die größte Mühe, um es ihnen so angenehm wie möglich zu machen. Wir besuchten das schöne Wochenendhaus in Itaipava bei Petropolis in den Bergen von Rio mit Pool, Tennisplatz, Spielsalon mit Tischtennisplatte und Billardtisch. In Cabo Frio im Strandhaus war Baden, Sightseeing, Bootfahren und Entspannen angesagt. Und in dem Apartment von Bene in der Rui Barbosa feierten wir meinen Geburtstag, mit einem Piano spielenden Musiker und allen Freunden von Pedro und Familie wie Rui, Curi und Rogerio. Speisen und Getränke, alles vom Feinsten, serviert von Benes schon zum Freund gewordenen Diener Miro. Dann besuchten wir die beliebte Samba-Show des bekannten Varietés Oba-Oba in Rio. Halb nackte, kostümierte Mulattinnen tanzten popowackelnd Samba vor den Gästen. Mein Papa und ich waren begeistert, was man an den damals gemachten Fotos sehen kann. Eines dieser Fotos mit seinem fröhlich lachenden Gesicht verwendete Gisa als Bildchen für den Sterbezettel. Mein lieber Besuch, Papa und Gisa, flog wieder nach Hause. Ich konnte es damals noch nicht wissen, aber es war das letzte Mal, dass ich meinen Papa und die Silke ihren Opa lebend sahen.

In der Banco Francês lief alles top. Es war ein Freitagnachmittag, als mich ein XY mit deutschem Namen, ein Freund von Matthias, anrief. Er wollte mich sprechen, da Matthias Hilfe bräuchte. Er würde mich vor dem Hotel Othon um

17 Uhr nach Arbeitsschluss treffen. Wie vereinbart, fuhr ich kurz mit meinem Auto in das nahe gelegene Hotel. Dort angekommen, empfingen mich plötzlich zwei Männer, jeder an einer Seite meines Autos. Sie stellten sich als Mitarbeiter des DOPS vor – des Departamento de Operações Politicos e Sociais da Policia Federal, auf Deutsch die Abteilung für politische und soziale Operationen der Bundespolizei. Ich ahnte Böses – und hatte Recht: Matthias war auf Grund eines internationalen Haftbefehles festgenommen worden und in seinen Papieren fand man natürlich seine Verbindung zu mir. Sie nahmen an, dass ich der Chef einer international tätigen und in Brasilien ansässigen Gang war. Sie teilten mir diesen Vorwurf mit und sagten mir, dass ich verhaftet sei und zum Verhör in das 450 Kilometer entfernten São Paolo gebracht werde. Da es aber keinen Flug mehr gab, übernachtete ich zwischen den zwei Polizisten in einem Bett. Gut, dass sie keine rosa Anwandlungen hatten. Aber was nun? Ich war gerade auf dem Weg von der Arbeit gewesen, meine Frau und kleine Tochter warteten auf mich, ohne von meinem Schicksal eine Ahnung zu haben. Den einen Polizisten, der Deutsch sprach, da er deutscher Abstammung war, konnte ich durch das Ausstellen und die Übergabe eines Schecks – all meine Ersparnisse gingen dabei drauf – davon überzeugen, dass ich unbedingt zu Hause anrufen müsse. Mona war natürlich vollständig aufgelöst, es blieb nur das Prinzip Hoffnung.

Am nächsten Morgen dann zum Flughafen und ab nach São Paolo. Gott sei Dank wurde ich nicht wie üblich in Handschellen transportiert. Es wäre doch sehr auffällig und für mein Image als Bankangestellter nicht gerade sehr förderlich gewesen. Auch wenn BH damals circa drei Millionen Einwohner hatte, in bestimmten Kreisen der Geschäftswelt kannte man sich. Am Ziel angekommen, ging es sofort mit dem grau-weißen Polizeikombi in Richtung Polizeihauptquartier. Der Leiter des DOPS, ein gewisser S.P. Fleury, war bekannt als Verantwortlicher für mindestens 30 ermordete Gefangene und seine in Brasilien meistgefürchtete Truppe als eine mit Folter vorgehende Esquadrão da Morte (Todesschwadron). Viele Verhaftete und gefangen Genommene verschwanden für immer. Sie wurden irgendwo im Nowhereland verscharrt.

Ganz klein, ganz eingeschüchtert ging es zu stundenlangen Verhören. An der Wand hing ein Foto. Es stellte angeblich und laut Erklärung der Verhörenden einen Gefangenen dar, der ermordet, verbrannt und dann irgendwo den Aasgeiern zum Fraße überlassen worden war. Sollte wahrscheinlich der Motivation für meine Aussagen dienen. Nach einem Tag und einer Nacht im Kerker und einem persönlichen Gespräch mit dem aus der Diktaturzeit stammenden Vater der Inquisition konnte ich anscheinend meine Folterknechte von meinem ganz normalen Arbeits- und Familienvaterdasein überzeugen. Ich durfte wieder nach Hause fliegen. Nicht aber ohne die Zusage, jede Geldanlage von Matthias auf meinen Namen bei Fälligkeit sofort in São Paolo persönlich abzugeben. Circa alle drei Monate lieferte ich das Geld persönlich bei Fleury ab, insgesamt etwa eine halbe Million DM. Natürlich ohne Empfangsbestätigung. Na ja, die Polizei muss ja auch von etwas leben. Was sich bis heute leider nicht wesentlich geändert hat.

Am 01.05.1979 fand man Fleury im Alter von 45 Jahren im Meer von Ilhabella ertrunken auf. Man geht davon aus, dass er ermordet wurde. Die Leiche wurde nicht wie sonst bei Tod durch Ertrinken obduziert, sondern auf Geheiß von ganz oben sofort begraben. Er starb eben so, wie er gelebt hatte.

Am Sonntagabend war ich Gott sei Dank wieder bei meiner Familie und am Montagmorgen wie immer auf der Arbeit. A really nice and exciting weekend! Matthias aber wurde nach Deutschland ausgeliefert und dort zu sieben Jahren Haft verurteilt. Er hatte mit einem Freund einen seit Jahrzehnten für seinen Vater arbeitenden Juwelier überfallen und ausgeraubt. Danach floh er nach Sizilien, wandelte den Schmuck in Geld um und flog damit und mit falschen Pässen über Afrika nach Brasilien. Sein Pech aber war, dass der Besitzer des Passes von Interpol gesucht wurde, was über die Gästeliste seines Hotels in São Paulo zur Festnahme führte. Sein Freund lernte eine Brasilianerin aus Salvador de Bahia kennen, die er heiratete und wohin er mit ihr zog. Nach einem Unfall waren seine beiden Beine gelähmt und seither lebt er, oder vielleicht auch nicht mehr, im Rollstuhl.

Einer der beiden Beamten, die mich verhaftet hatten, lud mich brasilien-like sogar zur Hochzeit seiner Tochter ein. Was ich natürlich nur mit einem Vielleicht beantwortete, aber natürlich nie dort erschien. Ein großzügiges Geschenk hatte ich ja bereits, wenn auch unfreiwillig, dazu beigetragen.

Bei mir und uns ging bis auf den Umzug von der kleinen Wohnung in ein größeres Haus in das Stadtviertel São Bento alles den normalen Weg. Das Haus sah ein wenig wie die Backsteinvillen in Hamburg aus, mit einem kleinen Garten für unsere Neuakquisition, einen Boxerhund, und eine Terrasse für die Hängematte und ein paar große Töpfe mit

Farnpflanzen. Das Haus hatte innen, speziell das Wohnzimmer, verschiedene Niveaus. Auch das Sofa war aus Ziegel gemauert und mit Polstern an Rücken und Sitzfläche dekoriert. Wir und unsere kleine Tochter fühlten uns wohl.

Da schon damals, wie auch heute und wohl noch für längere Zukunft „Brasilien" mit „Wachstum" gleichzusetzen ist und Beaga mit seiner damals knapp 80-jährigen Geschichte erst recht, brauchte man in meiner Branche viel neue Manpower. Die einst größte Investmentbank Brasiliens, die Banco Bozano Simonsen, assoziiert mit der Barclays Bank und später an Santander verkauft, suchte einen Gerente Geral Estadual.

Gut, ich war bereits vom Titel her General Manager bei CDs Interplan Yachting, aber jetzt auch offiziell für den Bundesstaat Minas Gerais. In Wirklichkeit war es die Banco Comercial und Leasing zusammen. Sie bauten in der Rua Espirito Santo fast gegenüber der Banco Lar eine fantastische zweistöckige Filiale mit riesengroßen, braun-rot gefärbten Fenstern, die weit und breit schönste und modernste Bank in Beaga. Außer einer Traumaufgabe hatte ich ein Riesengehalt mit all den sonstigen Annehmlichkeiten und einen Firmenwagen erster Klasse, natürlich mit Chauffeur, einem jungen, frohen Schwarzen. Da machte der Satz „Wer seinen Beruf liebt, hat keine Arbeit" wirklich Sinn.

So, da wäre ich also wieder: glücklich verheiratet mit gesunder und lieber Tochter, ein Topjob und gesellschaftlicher Status. Der Letztere war mir zwar nicht wichtig, aber doch sehr angenehm. Außer den von mir eingestellten Mitarbeitern hatte ich noch eine nette Sekretärin. Sie war kompetent in jeder Beziehung und hatte schon eine gewonnene Misswahl hinter sich. Wie Churchill einmal sagte: „Man muss seinem Körper Gutes tun, damit sich die Seele wohlfühlt." Bitte jetzt nicht missverstehen. Im zweiten Stock arbeitete der Leiter für Captação de Recursos, das Fundraising, der direkt der Direktion in Rio de Janeiro unterstellt war. Die Bank war von Julio Bozano gegründet worden, einem Jugendfreund von Mário Henrique Simonsen, damals Wirtschafts- und später Planungsminister in zwei Regierungen und vorher Präsident der Zentralbank. Des Namens wegen wurde Simonsen von Bozano als Minoritätsgesellschafter eingeladen. Mein Chef und Direktor war Pedro Eugenio Soares Bentes.

Mein Aufgabengebiet waren wieder in erster Linie die deutschen, aber selbstverständlich auch die brasilianischen Unternehmen in Minas und davon gab es reichlich. Glück links, das Beste rechts, Zukunft vorne, die Erfahrung hinten – also Zufriedenheit rundum. Heute gäbe mir das zu denken, zu der damaligen Zeit mit absoluter Sicherheit nicht. Wie immer hieß es: Auf geht's! Gute Arbeit und ab und auf einen Geschäftstrip. Wir mieteten eine kleine Yacht, schnell holte der Chauffeur das bedienstete weibliche Schiffspersonal und ab ging's. Wir hatten eine Kiste Codorniu dabei, damals Luxus in Brasilien. Immer zwei Flaschen mit einer Kordel zusammengebunden, ins Wasser gesprungen und mit den um den Hals gehängten Getränken zum nächsten Inselstrand.

Gute Geschäfte. Na ja, Siemens musste Millionen Strafe dafür bezahlen, die Pharisäer. Ein Sündenbock für die Dummen muss halt ab und zu herhalten. Dass aber jetzt hier ja keiner an die Traumparty der Hamburg-Mannheimer in Budapests Hotelpools mit Bändchen am Arm denkt. Gut, wir hatten halbjährlich in jeder Filiale das Meeting der nationalen Führungsspitze, wo abgesehen vom Präsidenten alle anwesend waren. Was gar nicht so einfach zu organisieren war, denn die Spesen mussten gleichmäßig und unauffällig auf alle verteilt werden. Die Präsidentensuite mit allen umliegenden Suiten wurde gemietet – eine in Wirklichkeit fast unnötige Ausgabe, da wir meist die ganze Nacht in der Suite durcharbeiteten. Ein Büffet vom Feinsten, um jegliche Störung bei der Arbeit durch nicht dazugehörendes Personal zu vermeiden, und dann natürlich das im Fünf-Sterne-Service bestens geschulte weibliche Personal. Es war nicht so, dass man sich immer mit der gleichen Person im gleichen Team befand. Erfahrungsaustausch in Theorie und Praxis ist ja bekanntlich Bestandteil jeder Fortbildung und Doktorarbeit. Auch unser Vize-Präsident arbeitete: Er übte sich ohne Anzug und Krawatte hinter der kleinen Bar im Cocktailmixen. 20 Liter Orangensaft waren da schnell weg. Die Arbeitsmotivation reichte bis zur nächsten Besprechung auf hohem Niveau.

Zurück zur täglichen Arbeit. Hier muss ich unbedingt eine Story erzählen: Am Mittag war ein Essen mit einem Kunden terminiert. Er holte mich so gegen 12.30 Uhr in der Bank ab. Um zu mir zu gelangen, musste er an dem Sicherheitspersonal vorbei in den ersten Stock und dann zwischen den Schreibtischen der Kundenbetreuer hindurch zur Anmeldung bei meiner Sekretärin, um dann endlich in mein Büro zu treten. Wir gingen in ein portugiesisches Restaurant und aßen Bacalhão na Brasa (Stockfisch vom Grill). Nach einer guten Stunde verabschiedete ich mich von meinem Gast und fuhr zurück in die Bank, um mir den Kundenbetreuer vorzuknöpfen. Ich rief ihn und fragte, warum er seinen Kunden, der an seinem Schreibtisch vorbeikam und mit mir zum Mittagessen gegangen ist, nicht begrüßt hatte. Der Betreuer war ganz baff und rief sofort bei dem Kunden an, um sich zu entschuldigen. Kurz darauf erschien er bei mir im Büro und meinte, dass sein Kunde gar nicht mit mir beim Mittagessen gewesen sei. Leider eine wahre Geschichte und ich weiß bis heute nicht, wer mein Gast war. Aber ich weiß, dass sich dieser sich wahrscheinlich nie wieder im Leben so gut amüsiert hatte und mit einem größeren Trottel zum Essen gegangen ist.

Nach diesen Ereignissen, die selten und damit erwähnenswert waren, zurück in den Alltag. Meine Gattin war zu Hause durch Hausangestellte und Kind mit ihrer Aufgabe nicht ganz ausgefüllt und zufrieden. Sie wollte selber etwas machen. Gut, also was tun? Nichts tun. Sorry, war nur ein Spaß. Auch eine Koreanerin ist nicht anders als jede andere Frau, wenn sie sich etwas in den Kopf gesetzt hat. Wir gingen immer in unseren Lieblingsstadtteil Savassi (ähnlich der Zona Rosa in Mexico City, wer sich erinnern kann) zum Einkaufen. Es gab dort ein ausgezeichnetes italienisches Delikatessengeschäft, mit aus aller Welt Importiertem zum Essen und Trinken. Schon hatte sich wieder das kleine, sich schlängelnde und züngelnde Wesen in meinem Leben eingenistet, um es sich bequem zu machen und zu denken: Das will ich haben. Von der Idee her, den internationalen Erfahrungen der Organisatoren, speziell meinen, dem bestehenden Markt und meinen Investitionsmöglichkeiten schien es ein durchaus sich rechnendes Projekt.

Auf dem Weg von Savassi zu unserem Heim fuhren wir immer durch die Ave Prudente de Morais, eine zumindest als gut zu bewertende Lage. In Nummer 523 und 525 an der Ecke zur Rua Viera Nunes gab es einen freien Laden. Er war aber viel zu groß für das als Nebenbeschäftigung gedachte Kleingewerbe für meine Frau. Doch das war meiner Frau ziemlich egal. Der musste es sein. Es zischelte hörbar. Kurzum, aus dem kleinen wurde ein riesiger und superschicker Laden. Innen große, in alle vier Himmelsrichtungen zeigende, gewölbeartige Holzbögen und aus demselben Holz gefertigte, drum herum verlaufende Regale. Der Boden aus dunklem Holzparkett und alle Wände mit Holzverschalung. Vorne die Vitrine und der doppelte Eingang und rechts davon alle Kühlvitrinen für die teilweise selbst präparierten Delikatessen. Ganz links noch zwei große offene Kühlschränke, wie man sie auch in Brasilien für Butter, Käse usw. nutzt. Im ersten Stock die durch eine Wendeltreppe zu erreichende, ebenfalls große Küche mit all den notwendigen Utensilien vom Löffel bis zum Industriebackofen. Der Eingang war mit einem Vordach Typ Chalet geschmückt, denn der Name des Delikatessengeschäfts war auch Chalet Alemão. Alles geplant und durchgeführt von einer sehr guten Innenarchitektin. Die Palette der eingekauften Waren reichte vom guten deutschen und italienischen Wein über die original weiß-blaue Dose Löwenbräu-Bier bis hin zum irischen und Bourbon-Whiskey und zum Conhaque und Champagner aus Frankreich, Gänseleberpastete und Weißwürste aus der Dose, Gewürze und

Tee aus aller Welt usw. Geöffnet von Montag bis Samstag mit mindestens fünf Personen im Verkauf und in der Küche plus meiner Frau und Teilhaberin.

Da war also wieder das Zischeln. Ganz klar, dass meine finanziellen Möglichkeiten schon lange überschritten waren. Ich verdiente zwar sehr gut, aber hatte noch keine finanziellen Reserven angesammelt. Aber der Wille unserer Frauen geschehe. Wir konnten jedoch befreundete Nachbarn für das Projekt gewinnen. Sie war die Tochter des Herausgebers der größten Tageszeitung von Minas, dem „Estado de Minas", und ihr Ehemann, der Sohn reicher Farmer, auf Brasilianisch Fazendeiros. Vom Finanziellen her hatten wird die richtige Basis, von der Arbeitspraxis, Intensität und Erfahrung eines Lebensmittelladens mit Küche, eigener Feinkostproduktion und Konditorei, vor allem hinsichtlich der deutschstämmigen Produkte, überhaupt nicht. Der Einzige mit Erfahrung in der Gastronomie war ich. Also wurde ich zum Doppeljobber. Auch zum Doppelhopper, denn meine Frau war erneut schwanger und zwar mit unserem Sohn Archi. Man könnte jetzt böswillig sagen, dass man für jede gute Tat belohnt wird, denn der Akt des Geschehens dürfte in etwa zur gleichen Zeit wie die Idee zur Umsetzung des Business stattgefunden haben. Wir eröffneten das Geschäft im Herbst 1978. Meine Frau war im fünften Monat schwanger und wie ich voll eingespannt. Gott sei Dank war unsere Tochter ein Goldstück, die keinerlei Arbeit machte und auch von Hausangestellten und Chauffeur gut betreut werden konnte.

Auch in der Bank lief alles sehr gut, es bahnte sich ein großes Geschäft an. Bei dem im Bau befindlichen staatlichen

Stahlwerk Acominas, das heute zur Gerdau-Gruppe gehört, waren fast alle in Minas ansässigen deutschen Unternehmen als Lieferanten oder Ingenieurdienstleister engagiert. Das Problem war die Zahlungsmoral des Unternehmens. Mein Anwalt, ein guter Freund und in Brasilien fast so wichtig wie ein guter Bruder, war wiederum mit dem Bruder von Aureliano Chaves sehr gut befreundet. Aureliano Chaves de Mendonça hatte folgende politischen Ämter inne: Gouverneur des Staates von Minas Gerais, Vize-Präsident von Brasilien und Minister de Minas e Energia. Acominas war bis zum Übergang an den brasilianischen Staat im Besitz der Regierung von Minas Gerais. Unsere Bank, eine Privatbank, finanzierte Staatsunternehmen aber nur mit den entsprechenden Sicherheiten. Meine Aufgabe war daher die abgesicherte Finanzierungsbeschaffung für Staatsunternehmen zur Bezahlung offener Lieferantenrechnungen deutscher Unternehmen. Das war nur möglich mit Joker, in diesem Fall Aurelianos Bruder. Durch den von ihm vermittelten direkten Kontakt und dessen Intervention war es uns möglich, eine Bürgschaft der BNDES, der Banco Nacional do Desenvolvimento, für die Finanzierung zu erhalten und so die Gesamtabwicklung zu ermöglichen. Bingo, es klappte! Alle waren zufrieden. Die deutschen Unternehmen hatten ihre Außenstände und ihr Risiko minimiert und die Bank mit den entsprechenden Zinsen ein Riesengeschäft gemacht. Für die Acominas waren die Kreditlimits wieder offen und für die staatliche BNDES war es egal, wer die Verpflichtung hielt, sie oder das staatliche Acominas, alles in oder aus einem Topf. Bescheidenerweise konnte ich hierdurch, trotz der Mittagsessensgeschichte, die

Berechtigung aller meiner beruflichen Regalien bestätigen. Ein rundherum absolut toller Deal.

Auch ein damals noch kleines deutsches, heute weltweit tätiges Unternehmen, Hersteller von Förderbändern, die Kuttner do Brasil, war über das Resultat sehr glücklich. Eines Abends wurden meine Frau und ich von den geschäftsführenden Gesellschaftern Herrn Dr. Rachner und den Gebrüdern Küttner zum Dinner in das Restaurant des Hotels Othon eingeladen. Das Gesprächsthema war in erster Linie der Dank für die Unterstützung bei der Lösung der finanziellen Probleme des 1974 in Brasilien gegründeten Unternehmens. Herr Dr. Rachner unterhielt sich angeregt mit meiner Frau … und es zischelte und zischelte. Sie wissen bereits, was ich meine: Wo es zischelt, ist die Schlange, und wo sie ist, ist das Paradies. Die Frage ist nur, wie lange. Bei Verkürzung der Zeitabstände zwischen dem Zischeln naht der Tag der Vertreibung. Der Gesprächspartner meiner Frau meinte, aus heutiger Sicht begründeterweise, dass Unternehmen mit mehreren Gesellschaftern immer Probleme mit sich bringen, und sollte sie eines Tages in irgendeiner Form Unterstützung benötigen, würde er ihr jederzeit helfen. Das Zischeln wurde unerträglich laut. Aber der Abend wurde nett zu Ende gebracht, so dass sich am nächsten Morgen jeder wieder seinen Aufgaben widmen konnte.

Die Aufgabe Monas war es jetzt, einen Riesenstreit mit der Gesellschafterin des Chalets vom Zaun zu brechen. Die beiden Ehemänner blieben da relativ ruhig. Aber es gab kein Mittel, es musste eine Trennung her. Unsere Partner wollten die Firma übernehmen und meine Frau wollte sie unter keinen Umständen hergeben. Da Geld bei ihnen Nebensache war, boten Sie einen satten Betrag und ein kleines Appartement als Gegenwert an. Aber no way. Ich hatte nach den ganzen Investitionen und Verpflichtungen mit Dienstleistern und Lieferanten kein Geld mehr. Aber da kam der erste Biss in den Apfel: Da war doch das Angebot des Gastgebers von gestern Abend. Kurzerhand drängte mich Mona, von Herrn Dr. Rachner einen Kredit mit Bürgschaft über circa 30.000 DM anzunehmen. Bei meinem Gehalt und den Ertragsmöglichkeiten des Chalets war das kein wirkliches Drama. Ja, wenn ... die Inflation nicht gewesen wäre. Wir hatten damals bis zu 56 Prozent. In Deutschland läuten bereits bei über zwei Prozent alle Alarmglocken. Der Unterschied besteht außerdem in der Berechnung: Bei den zwei Prozent hier handelt es sich um die Jahresinflation, bei den 56 dort aber um die in einem Monat, im Jahr sind das 700 Prozent, die Zinseszinsen gar nicht hinzugerechnet. Jetzt ist der Apfel ganz weg. Vom ruhigen, genussvollen Leben zu einem mit permanentem Druck und Sorgen. Wie sagt man: Wenn's der Kuh zu gut geht, geht sie auf's Eis.

Archi wurde fünf Tage nach dem Weihnachtsfest geboren und sah bei der Geburt aus wie seine Schwester. Voll asiatisch, arische Züge gleich null. Aber auch er ein absolut gemütlicher Geselle ohne die vielen Stressfaktoren vieler Kinder. Gut er hatte ab und zu asthmatische Anfälle, bei denen wir ihn direkt ins Krankenhaus fuhren. Gott sei Dank sind diese aber heute gänzlich verschwunden. Jetzt also die zwei lieben kleinen Kinder Silvi und Archi, eine Frau und Mutter, die sich um das Chalet kümmern musste, Jovelina, unsere Haus-angestellte und Kindermädchen, ein Chauffeur, ein Hund und ich. Unsere Adventszeit begingen wir immer deutscher Tradition gemäß mit Kranz und jeden Sonntag einer Kerze mehr und Weihnachten feierten wir mit einem echten Weih-nachtsbaum, Liedern und Plätzchen. Zur Bescherung gab es das vom Christkind geläutete Glöckchen und gemeinsames Singen von „Stille Nacht, heilige Nacht".

Auch das Chalet war entsprechend dekoriert und mit wurde mit weihnachtlicher Hintergrundmusik berieselt. Am Eingang ein dunkelhäutiger, Bonbons verteilender Weih-nachtmann mit allem Drum und Dran. Die Zipfelmütze, das weiße Haar und der Bart waren bei oft bis zu 40 Grad eine sportliche Leistung. Weihnachtszeit in Deutschland ist gleich tiefster Winter, in Brasilien dagegen ist zu dieser Zeit höchster Sommer. Natürlich waren für uns die Weihnachts- und Sil-vester- bzw. Neujahrstage das Hauptgeschäft des Jahres. Wir boten die Traditionsspeise Peru (Truthahn) mit Früchten und Batata Palha, so eine Art Mini-Pommes, an. Natürlich alles an Vor- und Nachspeise wie auch an Getränken. So hatten wir entsprechend viel zu tun. Gott sei Dank arbeitete zwischen den Feiertagen keiner in der Bank. Als Extrageschenk wur-den wir am Silvesterabend, als der Laden mit vielen auf ihre Bestellung wartenden Kunden gefüllt war, von drei Männern überfallen. Einer mit Messer, einer mit Pistole. Gott sei Dank hatte ich, in großer Voraussicht, zehn Minuten vorher alle großen Scheine aus der Kasse herausgenommen und im Auto deponiert. Die Silvesterüberraschung bekam von uns außer ein paar Flaschen Sekt nur wenig Wechselgeld, das meiste davon von den anwesenden Kunden. Hätten sie uns um den gesamten Umsatz beraubt, wäre eine Insolvenz kaum noch zu verhindern gewesen. Große Aufregung, aber dann doch nichts so Außergewöhnliches.

Bei Betrachtung meiner Verpflichtungen in alle Richtungen gab es nur eins: Nach vorne schauen war das Motto. Auf geht's, wieder einmal. Was also tun? Umsatzsteigerung! Hier gab es viele Möglichkeiten. Nachdem wir in der Zwischenzeit ein großes Angebot an selbst gemachten Saucen, Dips, Patê und Gerichten wie auch feinsten Torten und Süßigkeiten hatten, bot es sich an, eine Filiale in dem für derartige Geschäfte prädestinierten Savassi zu eröffnen. Dadurch konnten die Grundkosten in der Herstellung sowie beim Einkauf und Personal reduziert werden. Auch eröffneten wir in unserem Stadtviertel einen Friseursalon mit einem schwulen Friseur unter dem Namen Leur Coiffeur. Warum der so hieß, daran kann ich mich beim besten Willen nicht erinnern. Auch nicht daran, was aus ihm geworden ist. War ja auch ganz und gar nicht unsere Branche. Die Geschäfte liefen wirklich sehr gut und dann war der übernächste Laden frei. Wir konnten den direkten Nebenmieter mit einer Ablöse davon überzeugen, sein Gewerbe auch woanders zu betreiben, und so die beiden Nachbarläden dazumieten. Der Plan: ein Restaurant mit Piano-Bar zu eröffnen, das Chalet Alemão. Auch dies wurde ein voller Erfolg. Mit derselben Innenarchitektin gestalteten wir mit viel hellem Holz im Restaurant, dunklem in der Bar und viel typisch bayerischer Deko ein Ambiente mit bester Atmosphäre. Unsere Speisekarte war die Originalspeisekarte eines meiner Münchener

Lieblingsrestaurants: Reinbolds Franziskaner. Als Vorspeise, der Spezialität des Hauses, gab es unter anderem verschiedene Patê-Sorten. Dann Rahmschnitzel mit hausgemachten Spätzle, Schweinebraten mit Kruste, rohe Kartoffelknödel und Blaukraut, Kassler Ripperl mit Sauerkraut usw. Und zum Dessert Apfelkücherl oder Apfelstrudel mit Vanillesauce oder Eis usw. Zum Kaffee eine hausgemachte Schwarzwälder Kirschtorte und/oder einen Grand Marnier, einen Don Carlos oder einen 43. Die Getränkeauswahl in Bar und Restaurant war auf Grund des Delikatessenladens einzigartig. Das Personal in weißem Hemd mit hochgekrempelten Ärmeln, dunkelgrauer Hose und einer braunen Lederschürze. Schon bald waren wir für jeden Beagaler fast ein Muss, ob als Delikatessenladen oder als Restaurant. Die High-Society-Kolumnisten waren gern geladene Gäste und sie kamen ganz ohne kommerziellen Zwang. Unsere Pianistin, verheiratet mit einem Deutschen, spielte jede Art von Musik und das mit großer Klasse und Bewunderung von allen Gästen. Das Restaurant begann seinen Betrieb mit dem Mittagessen und blieb dann mit der Bar bis oft weit nach Mitternacht offen.

Es zischelte wieder. Bank, Gesamtverwaltung des Delikatessenladens mit zusätzlicher Führung von Bar, Restaurant und Friseursalon, dazu meine Familie, meine lieben Kinder. Alles lief bestens, was aber nicht bedeutete: ausreichend. Für meine Frau war es ein Traum mit viel Arbeit. Für mich ein Alptraum mit viel Arbeit. Aber ich habe mich grundsätzlich nie mit meinen Frauen über Geld, speziell fehlendes Geld, unterhalten, da sie es sowieso nicht verstehen – dies ganz ohne Vorwurf –, aber dadurch zum Problem werden, so dass zu dem wirklichen Problem plötzlich noch das Problem Frau dazukäme, was sich im Endeffekt als das wesentlich größere herausstellen würde und vielleicht nicht mehr zu korrigieren wäre.

Anfang Dezember 1979 dann das Schlimmste: Mein geliebter Papa lag im Sterben. Ich flog sofort nach Hause, um mich von ihm zu verabschieden. In Wirklichkeit war er bereits tot und wurde nur wegen mir künstlich am Leben erhalten. Es war wie ein Blitz aus heiterem Himmel für mich. Er hatte zwar hohen Blutdruck gehabt, war aber immer fröhlich und guter Dinge und vor allem nie krank gewesen. Er war Mitglied beim Schützenverein ESV Freimann und nach einem geselligen Abend dort nach Hause gekommen. Er klagte über Kopfschmerzen, die aber auch nach der Einnahme von Tabletten nicht nachließen. Bald darauf wurde er ohnmächtig und kam sofort ins Krankenhaus. Am nächsten Tag wachte er auf und aß mit meinem Bruder zusammen zu Mittag. Am Abend dann fiel er erneut ins Koma und wachte nicht mehr auf. Er verstarb im jungen Alter von 52 Jahren. In der Generation vor mir lebten von meiner Familie noch zwei Brüder von Papa, Onkel Pepi, Matthias Vater und Tante Trudi, die Schwester meiner Mutter in Amerika. Da auch ich bis auf Bluthochdruck und ab und zu Kopfweh kerngesund und lebenslustig bin, nehme ich täglich wie vom Arzt verschrieben meine Pillen. Denn genau dies hatte mein Papa, laut Gisa, nicht getan. Für Gisa mit meinem erst sieben Jahre alten Bruder begann damals keine leichte Zeit. Aber sie hat dies die ganzen Jahre über bravourös gemacht.

Sehr, sehr traurig also wieder zurück in den brasilianischen Alltag. Meiner Frau und mir gelang außer Arbeit und Diskussion anscheinend doch noch ab und zu ein Schäferstündchen, denn bald war schon unser dritter Spatz, die Kiki, unterwegs. Da uns unser Domizil langsam zu klein erschien und nicht mehr den Ansprüchen aller Familienmitglieder gerecht wurde, zogen wir von São Bento in das Stadtviertel Cidade Jardim (Gartenstadt) und dort in die Rua Olimpio de Assis, wo sie die Sinval de Sa kreuzt (heute übrigens alles ganz bequem über Google Earth und Street View nachzuverfolgen). Es war nur einen Katzensprung zum Chalet Alemão. Das Haus war größer, mit vielen Fenstern, schönem Garten mit Bäumen und Büschen und einem anständigen Pool. Zudem schön eingerichtet. Vor allem an ein Aquarium mit Meerwasser kann ich mich gut erinnern, da dessen Scheibe bei dem Versuch, es zu verschieben, gesprungen ist und sich das gesamte Wasser inklusive Fische im Wohnzimmer verteilte. Was Haustiere anbetraf, blieben wir dann lieber bei Hunden und zwischendurch auch einmal ein paar Mikos. Das sind kleine lustige, aber auch bissige Äffchen, die sich ab und zu am Hundeschwanz festhielten, um dann gemeinsam, wie vom Teufel gebissen, durch den Garten zu rennen oder Nachbars Essen vom Fenster zu klauen.

Mit der Geburt unserer, wie die anderen beiden Geschwister süßen, kleinen Kiki wuchs die Aufgabe und Verantwortung noch ein Stück mehr. Aber vor allem auch die Freude. Unsere Silke war bereits sechs und kam, wie in Brasilien üblich, in die Vorschule und zwar in das ausgezeichnete, von anglikanischen Schwestern geleitete Colégio São Paulo in unserer direkten Nachbarschaft. Da wir, besser gesagt ich, mit den kurzfristigen Verbindlichkeiten, dem Working-Capital, keine Probleme hatte, war auch die Hausarbeit kein wirkliches Problem. In der Zwischenzeit hatten wir aufgestockt: ein Hausmädchen, zwei Schwestern als Kindermädchen, ein Gärtner und bei Einladungen, wenn nötig, ein Diener. Dann natürlich noch der Chauffeur von meiner Bank.

Auch im Chalet tat sich einiges. Ich hatte im Nebengebäude ein Büro gemietet und unsere absolut verlässliche Stammbesetzung bestand aus der Leiterin des Ladens, Wilma, eine aus Österreich stammende, schon ältere Frau, einem österreichischen Paar aus Vater und Sohn und dem Küchenpersonal. Das Wachstum der Firma konnte ich konstant halten. Wir übernahmen zuerst den gastronomischen Teil der Sportanlage Boa Forma, wo eine typische Sportart aus Minas, das Petecaspiel, betrieben wurde. Peteca spielt man wie ein Aufschlagspiel, Volleyball nicht unähnlich, mit der Hand und als Ball (Peteca) nimmt man ein kleine, mit Sand prall gefüllte Säckchen aus Leder mit zwei darin eingebundenen, den Flug stabilisierenden Vogelfedern. Auch die Schlagtechniken wie Schmettern oder Blocken sind ganz ähnlich wie im Volleyball. Im geordneten Peteca-Turnierumfeld spielt man auf einem 16 mal 6,10 Meter großen Feld, das durch ein Netz bis zwei Meter Höhe quer in zwei Teile getrennt ist.

Nachdem die gastronomische und administrative Basis geschaffen war, stiegen wir in das als absolut aufreibend zu bezeichnende Messe- und Partyservice-Geschäft ein. Wir richteten Büffets für kleinere Familientreffen bis hin zu Festen von Lufthansa, Verbands- oder politischen Großevents mit bis zu 3.000 geladenen Gästen aus. Es ist unglaublich, welcher Aufwand da anfällt. So produzierten und servierten wir für einen Cocktail mit vier zur Auswahl stehenden Canapé-Typen in nächtlicher Produktion an die 24.000 davon. Zusammen mit zwei gastronomischen Leiharbeitsorganisationen beschäftigten wir teilweise fast 300 Personen. (Leiharbeit aber in diesem Fall als Selbstorganisation und gutes Beispiel gemeint, nicht als importierte Sklavenarbeit durch kriminelle Abzocker aus ärmeren Drittstaaten wie bei uns in Deutschland.) Es gab richtige Gastro-Profis, den Maître d'Hôtel als Organisator mit festem Standort, beispielsweise einem Café oder Restaurant an einem festen Tag zu fixer Uhrzeit. Jeder von ihnen hatte wiederum viele Kellner, die ihn, nach Arbeit suchend, dort trafen. Für alle ein einträgliches Geschäft ohne feste Strukturen und Kosten. Der Chef jeder Gruppe vereinbarte den Preis und übernahm die gesamte operationelle und administrative Verantwortung. Die Kellner verdienten wesentlich besser, wenn sie anstatt fest angestellt nur bei Events arbeiteten. Man konnte sich zu hundert Prozent auf die vereinbarten Leistungen verlassen. Für den Unternehmer war das in jeder Beziehung nur von Vorteil. Der Name Chalet Alemão bürgte für Qualität und als Unternehmen für alle von Deutschen erwarteten Tugenden wie Zuverlässigkeit, Ehrlichkeit, Pünktlichkeit usw.

Es gab natürlich auch denkwürdige Veranstaltungen. Bei einer politischen Großveranstaltung mit mehreren hundert, für 20 Uhr geladenen Gästen und warmen, vor Ort zubereiteten Speisen war kurz vor 8 Uhr noch kein einziger Tisch oder Stuhl noch Tischdecke, Besteck, Gläser oder sonstige

Utensilien vor Ort. Ab 18 Uhr rannte ich alle zehn Minuten ans Telefon, um das Cateringmaterial bei der Firma anzufordern, mit der wir immer zusammenarbeiteten. Aber die Ware kam nicht und es gab noch kein Handy, also konnte ich sie nur über die Telefonzelle erreichen. Die Antwort von der anderen Seite war immer: „Ist schon unterwegs." Normalerweise vermeide ich die Nutzung des Unwortes „Stress", aber in diesem Fall war es voll gerechtfertigt. Die ersten Gäste warteten schon vor der Halle. Zumindest unser vorbereitetes Essen sowie Öfen zum Aufwärmen und Zubereiten waren schon komplett. Endlich kamen die Lkw. Mit den 100 Kellnern, die wir hatten und von denen jeder Hand anlegte, schafften wir es, alles in etwa einer halben Stunde aufzubauen. Da die meisten Brasilianer und noch dazu Politiker als Gastgeber fast immer zu spät kommen, ging alles gerade noch fast unbemerkt vorüber.

Es gab natürlich auch Großevents, bei denen die Sparsamkeit meiner Gattin sich in der fehlenden Menge der zu servierenden Speisen ausdrückte. Glücklicherweise war das die absolute Ausnahme. Aber auch hier gab es eine Lösung. Wichtig war immer, dass der bezahlende Gastgeber vollständig zufrieden war. Und der Gast in der hintersten Reihe, schon glücklich, überhaupt eingeladen worden zu sein, wird sich kaum beim Gastgeber über zu wenig Essen beschweren. Eine Schande, aber die Wahrheit, was soll man machen. Bei den Messen musste alles mitgebracht und aufgebaut werden. Schwierig wurde es, wenn das Restaurant im zweiten Stock war und es keinen Wasseranschluss zum Spülen von Geschirr, Gläser und Besteck gab. Also Holzkisten mit einem Duzend schwerer schmutziger Porzellanteller, Besteck und anderem immer wieder runter ins Chalet geschafft, dort gespült und wieder zurück. Nicht lustig, das kann ich bestätigen. Wir boten wie im Chalet auch hier fast die gesamte Palette an, von salzigen Leckerbissen und allem Süßen, von den Petits Fours bis hin zur Schwarzwälder Torte.

Da war doch noch etwas … aber ja, die Bank, nicht dass ich sie vergessen hätte. Dass sich meine volle Konzentration nicht mehr zu hundert Prozent in der Rua Espirito Santo befand, war kaum mehr möglich zu verheimlichen, so dass mich die Direktion zu einer Entscheidung drängte: Bank oder Chalet. Also wofür entscheiden? Da gilt wieder das Sprichwort: Ich traf die verkehrte Entscheidung, weil eine besser gerade nicht zu Stelle war. Außer dieser Bank gab es natürlich auch noch andere Banken als Kreditoren und dies waren, immer noch auf Grund der Anfangsfinanzierung in fester Währung, einige, ja viele, da ich als Banker natürlich keinerlei Schwierigkeiten bei der Finanzierungsbeschaffung hatte. Aber das Konzept „Wachsen um jeden Preis" hatte ja bis jetzt gut geklappt und so akzeptiert man und gewöhnte sich nach dem Prinzip Hoffnung auch an das Aussichtslose. Als erste Konsequenz: Mein festes und gutes Gehalt, Firmenwagen mit Chauffeur und Sekretärin, ade!

Als Nächstes eröffneten wir das sehr schick eingerichtete Restaurant Balloon an der Associação Commercial de Minas, der Handelskammer. Mit Tischen und Stühlen aus dunklem schweren Holz und mit grünem Lederbezug auf Sitz und Lehne. Die Vitrinen enthielten echtes bayrisch-blaues Porzellan. Die Lampenschirme, daher der Name des Restaurants, waren große, über jedem Tisch hängende Ballons. Die wie aus chinesischem Papier gefertigten Lampen waren in oranger Farbe gehalten. Bei der Eröffnung war natürlich alles anwesend, was Rang und Namen in Wirtschaft, Politik und Medien hatte, auch unser deutscher Konsul. War doch ein kleiner Fortschritt, wenn ich an die Zeit in Rio denke, wo ein Termin beim Konsul nur mit Intervention des Senators und Benes möglich war. Berichte in allen Medien über unser Unternehmen und mich waren keine Seltenheit, auch bei privatem Ausgehen in ein Restaurant. Die Kolumnisten und VIPs der Gesellschaft lud ich mindestens zweimal jährlich zu einem Galadiner ein. In den folgenden zwei Jahren erhielt ich jeweils den Preis als Unternehmer des Jahres in der Gastronomie für internationale Küche. Um eine Einordnung zu ermöglichen: Mitgekürte in dieser Kategorie waren zum Beispiel die Lufthansa oder auch die Aktien-Börse von Minas Gerais. Als weiteren Gewinn teilte ich mir jetzt meine Investitionen in neue Projekte, zumindest was die Inneneinrichtung sowie Schenk- und Kühlanlagen betraf, mit der für mich zum wichtigen Partner gewordenen Brauerei Brahma, ebenso, was die Medienverbreitung anbetraf.

Das weitaus interessanteste Projekt aber war das Castello da Baviera, eine original bayerische Burg. Ein exzentrischer italienischer Künstler hatte in jahrelanger Arbeit eine richtige Burg erbaut, zwar nicht unbedingt im besten Stadtviertel, aber dafür einzigartig für Brasilien. Ich habe weltweit noch nichts Ähnliches gesehen. Direkt vor dem Objekt der mit Wasser gefüllte Burggraben mit einer Brücke darüber, links davon ein etwa vier Meter hoher Turm mit einer auf diesem stehenden, in eine Ritterrüstung gekleideten und eine Fahne haltenden Puppe. Sie stellte perfekt einen Wache stehenden Ritter dar. Rechts davon das eine Burg darstellende Gebäude. Alle Innen- und Außenwände sowie die Böden waren von Form und Farbe her so gestaltet, dass sie wie echte, mehr oder weniger große, in original mittelalterlichen europäischen Burgen verwendete Steine aussahen. Vor dem Eingangstor zuerst ein schweres Eisengitter und dem folgend das Tor aus schweren dunkelbraunen Holzstämmen mit schwarzen Eisenbeschlägen.

Nach dem Eintreten am Empfang eine weitere Ritterrüstung mit Schild, Schwert und allem Drumherum. Der Eingangsbereich im Erdgeschoss war mit einem altertümlichen großen Gemälde, einem rustikalen, runden Tisch und anderen schweren, kaum zu tragenden Möbeln bestückt. Zwei Toiletten mit als königliche Throne geformten Schüsseln und zum Händewaschen je ein wasserspendender Löwenkopf, alles in glänzender goldener, grüner und roter Farbe dargestellt. Außerdem war von hier aus die Bühne und die Treppe zum Untergeschoss zu erreichen. Alle „Metallteile" waren so bemalt, dass sie grünes oxydiertes Kupfer darstellten. Einmalig und fantastisch. Im Untergeschoss dann der Hauptsalon. Ein sehr großer Raum mit freitragender Decke und großen Kristallleuchtern. In den Seitenwänden viele gleich große, circa einen Meter breite und zwei Meter hohe Nischen, in jeder ein Bild mit mittelalterlichem Motiv, das indirekt beleuchtet wurde. Als Motiv zum Beispiel Damen und Herren als Ritter und Burgfräulein in verschiedenen Szenen dargestellt. Es erinnerte ein wenig an die leuchtenden orthodoxen Heiligengemälde. Dazu mehrere, aus schwerem brasilianischen Holz gezimmerte Tische bzw. Tafeln für je 14 Personen. Die Stühle mit und ohne Lehne, Rücken- und Sitzfläche mit rotem Samt bezogen und an den Rückenpolstern in Gold gestickte Familienwappen. Die Hälfte der Bestuhlung mit dem einen und die andere Hälfte mit einem anderen Wappen. Im Saal stehend, blickte man nach oben auf die bereits erwähnte, aus dem Erdgeschoss zu erreichende Bühne, davor ein vom Künstler gestalteter, etwa fünf mal drei Meter großer hellbrauner Ledervorhang. Das Motiv darauf stellte einen Kampf aus der Zeit der Kreuzzüge dar. Der Vorhang konnte durch einen Elektromotor hochgezogen und eingerollt werden. Auch dies einfach phantastisch! Exakt unter dieser Bühne befand sich die Bühne des Salons. Gegenüberliegend noch die mit einem schweren Gitter versehene Folterkammer mit den dazugehörigen Folterwerkzeugen. Bühne und Salon waren mit verschiedenen Leuchteffekten ausgestattet.

Und hier wollte ich ein bayerisches Tanzlokal aufziehen, das war meine Idee, die ich dann auch umsetzte. Um das Ganze richtig zu promoten, ließ ich mir nach bayerischem Vorbild einen Bierwagen bauen, ausgestattet mit Fässern und Bögen, geschmückt mit Girlanden in den bayerischen Farben Weiß und Blau. Mit Pferdegespann, bayerischer Musik und einem in bayerischer Tracht – Dirndl und Lederhose mit Hosenträgern – gekleideten Paar zog dieser durch die ganze Stadt. Die Eröffnungsparty mit ungefähr 200 geladenen Gästen, darunter Kolumnisten, Politiker, unser Konsul natürlich und sonst alle, die ganz gerne mit dabei sind, wenn es nichts kostet. Als besondere Attraktion unsere bayerische, in entsprechende Tracht gekleidete Fünf-Mann-Kapelle. Gut, der Chef war kein Mann, sondern unsere, in diesem Fall Ziehharmonika spielende Pianistin von der Bar des Chalet Alemão. Das ganz Besondere an dieser Kapelle aber war, dass alle männlichen Musiker blind waren. Natürlich konnte man keine Symphonieorchesterqualität bieten, aber mit viel Proben und nur wenigen Bayern, die zuhörten, war es für brasilianische Ohren durchaus akzeptierbar. Ein wirklich tolles, mit Blumenbouquets dekoriertes Büffet von gut sechs Metern Länge bot alles an internationalen und natürlich bay- erischen Delikatessen, Fisch-, Wurst-, Käse und Obstplatten sowie Spanferkel mit Knödel oder Kartoffelsalat. Als Dessert alles, was unsere Konditorei kreierte, vom Apfelstrudel mit Vanillesauce bis zur Schwarzwälder Torte und dem Sorbet zur Eiskreation. Zur Begleitung das bayerische Löwenbräu in weiß-blauen Dosen, Wein in Weiß und Rot aus Deutschland und Chile, die gute Caipirinha und alles, was wir sonst in unserer Bar und im Chalet Alemão vom Aperitif zum Likör anboten. Das Personal war gekleidet wie im Chalet und die Frauen im Dirndl. Am Eingang ein typisch bayerisch geklei- deter Portier und ein, wie in Brasilien üblich, die Autos stati- onierender Parkwächter.

Auch dies wurde ein weiteres Erfolgsmodell. Obwohl ich mich auch an eine Karnevalswoche mit einem anderen Musikprogramm erinnere, eine als „Flopwoche" zu bezeich- nende Unternehmung: Alles war arrangiert, die Band, der Discjockey, die Deko, die zusätzlichen Arbeitskräfte und alles an Speisen und Getränken. Ich aber hatte ganz vergessen, dass alle Mineiros, die sich das Castello leisten konnten, an verlängerten Wochenenden wie auch in den Ferienzeiten immer an den Strand nach Espirito Santos oder Rio de Janeiro fuhren. Na ja, auch das gehört zum Geschäft.

Unsere liebe Gisa kam mit meinem Bruder Andi zu Besuch, sie holten uns aus dem Alltagsgeschäft heraus und lockerten unser Leben ein wenig auf. Sie war schon das zweite Mal in Brasilien, auch was die Zukunft anbelangte, war sie die Treueste aller Besucher aus Deutschland. Es waren immer schöne, gemeinsam verbrachte Tage und Erlebnisse. Hier noch ein herzliches „Dankeschön!" dafür.

Stillstand in meinem Lebensrhythmus? – Claro que não! Ganz klar nicht! Schon stand ein neues Projekt an, eine Autobahnraststätte an der wichtigsten Verbindung von Belo Horizonte nach São Paulo. Rio de Janeiro – Belo Horizonte – São Paulo, die drei wirtschaftlich mächtigsten Städte Brasiliens, sind je 450 Kilometer voneinander entfernt und bilden ein gleichschenkliges Dreieck. Von dem im Norden gelegenen Rio ging es am Meer entlang, fast der Küste folgend zum südlich gelegenen São Paulo und von dort in das Landesinnere nach BH und dann wieder an der Küste zurück nach Rio.

Eines Tages besuchte mich ein Zwei-Meter-Mann mit fast ebenso großem Bauchumfang und stellte sich als Prokurator der Republik, Steuerbeamter und Inhaber einer Tankstelle bei Três Corações/Varginha vor. Er hatte ein riesiges Projekt für eine Autobahnraststätte in der Tasche, aber keinerlei gastronomische Erfahrung. In Brasilien sind die Raststätten immer große Tankstellen mit Restaurant und meist großer, offener Halle mit Vitrinen für jede Art von Imbiss und alle möglichen ausgestellten und zu verkaufenden Waren der jeweiligen Region. Zu diesem Zeitpunkt bestand an der betreffenden Stelle aber nur eine kleine, unbedeutende Tankstelle mit zwei Zapfsäulen. Nach genauerer Markterkundung stellte sich heraus, dass es in einem Umkreis von etwa 50 Kilometern keine große Tankstelle mit einem vernünftigen Essensangebot gab. Mein – bald darauf – Partner war verantwortlich für die Konstruktion der Gesamtanlage und ich für die gesamte Innenausstattung und den operativen gastronomischen Teil inklusive Personal. Der Tankstellenbetrieb gehörte also nicht zu meinen Aufgaben. Das Projekt sollte nach etwa sechs Monaten abgeschlossen sein. Wie es halt immer so geht, war ich german-like mit dem gesamten Aufgabenbereich im Plan, mein Partner bezüglich des gesamten Umfelds und der eigentlichen Tankstelle hingegen nicht. Dies wäre kein wesentliches Problem gewesen, wenn da nicht schon das gesamte Personal, von der Küche über den Service bis hin zur Geschäftsleitung bereitgestanden hätte und auch bezahlt werden musste. Außerdem wohnten alle in kleinen, renovierten Hütten direkt am Arbeitsplatz und mussten mit Speis und Trank versorgt werden.

Der Leiter des gastronomischen Teils war ein junger, schon seit längerer Zeit mit uns arbeitender Österreicher mit brasilianischer Gattin und der von der Seite meines Partners ein aus der Region stammender, 150 Zentimeter hoher und fast genauso breiter, einfacher Brasilianer. Von ihm und seiner Gattin wurden wir eines Tages nach Hause zum Essen eingeladen. Er spielte so wunderbar Klavier. Ich kann mich noch an den Song „Smoke gets in my eyes" erinnern und dass ich davon zu Tränen gerührt war. Wieder einmal konnte ich lernen, dass man nie nur auf das Äußere schließen darf.

Dann aber, mit ungefähr einem Monat Verspätung, eröffneten wir das Objekt. Wie es nicht anders sein konnte, lief alles bestens. Bis auf … dass es zischelte. Gut, nicht, wie jetzt wahrscheinlich jeder denkt, schon wieder 'ne Frau! Nein, eine neue Variante. Nach etwa 14 Tagen bekam ich einen Anruf von meinem Österreicher aus São Paulo, circa 230 Kilometer von Trêz Corações entfernt – wie zum Teufel! Er sollte doch die Gastronomie vor Ort leiten und keinen Urlaub in São Paolo verbringen. Nun die Schlange: Zu mitternächtlicher Stunde waren einige Männer gekommen, die sich als Polizisten und Verwandte meines Partners ausgewiesen hatten und meinen Strizzi mit Frau um Mitternacht mit all seinen Habseligkeiten in einen Omnibus nach São Paulo setzten. Den beiden wurde unter Bedrohung ihres Lebens mitgeteilt, dass sie nie wieder zurückkehren sollten. Ich setzte mich sofort ins Auto, um nach dem Rechten zu sehen. Vor Ort wurde mir der Zutritt ins Büro durch irgendwelche Capangas (Rausschmeißertypen) verwehrt und damit jede Möglichkeit, in irgendeiner Form aktiv zu werden. Der Herr Prokurator, das miese Sch…, war erst einmal nicht zu erreichen. Dann kam er mit verschiedenen unwahren Gründen, ohne mir auch die geringste Möglichkeit zu geben, zu meinem Recht zu kommen. Damit blieben also nur rechtliche Schritte.

Zu Hause gab es auch Neuigkeiten. Es war ja auch langsam an der Zeit. Alle Kinder gingen bereits in das Colegio São

Paulo und fühlten sich dort wohl, sie wurden gut erzogen und machten keine Probleme irgendeiner Art. Sie spielten Theater, machten Geburtstagspartys, hatten Haustiere und einen Pool. Die Sivia machte sogar ganz alleine eine von der Schule organisierte Reise nach Argentinien, von Buenos Aires zu den weltberühmten Wasserfällen von Foz de Iguaçu an der argentinisch-brasilianischen Grenze. Leider hatten sie ein bisschen wenig von Mama und Papa.

Meine Gattin, von dem Erfolg begeistert, besuchte während der Schulferien mit unserer ältesten Tochter Silke ihre Familie in Südkorea. Erst Tokyo, dann Seoul, schließlich ihren Geburtsort Pusan und, so war es geplant, zurück über München wieder nach Hause. Voller Tatendrang wollte sie neue Erkenntnisse über Küche und Produkte gewinnen. Nach einem Gespräch in Deutschland mit meinem Onkel Pepi, Matthias Vater, der den Inhaber des bekannten Gourmetladens und Restaurants Herrn Gerd Käfer kannte, vermittelte dieser ihr ein Praktikum. Die erneute Reise nach München und dann der Aufenthalt waren für etwa einen Monat geplant. Unsere Beziehung bestand zu dieser Zeit, wie man sich denken kann, aus Arbeit, Arbeit, Arbeit und den Versuchen, die verschiedenen Meinungen unter einen Hut zu bringen. Von der Liebes- zur Geschäftsbeziehung. So kam es dann auch bald zu neuem Zischeln. Diesmal dem echten! Meiner lieben Frau schien es in München gut zu gefallen und auch nach dem zweiten Monat waren Geschäft, Kinder und alles darum herum meine Aufgabe. Und das Rückreisedatum blieb weiterhin in der Überraschungstüte oder so.

Da verliebte ich mich zum vierten Male in meinem Leben.

Daisy Lucy de Oliveira, rotblondes, langes Haar und auch ansonsten hätte sie der nackten Maja jede Konkurrenz machen können. Wenn Sie wissen, was ich meine. Mit 19 Jahren halb so alt wie ich. Daisy – mit der Bedeutung „die im Land allein stehende, weiße Blume" – studierte Medizin. Ich lernte sie beim Gemüseeinkauf auf einem Markt kennen. Darauf trafen wir uns des Öfteren, tranken Kaffee, tratschten, lachten und hatten viel Spaß zusammen. Da sie aber von ihren Eltern sehr behütet lebte und wohnte, war es schwierig, mehr zusammen zu unternehmen. Aber da kam uns die Idee, dass sie in den Semesterferien eine Freundin am Strand von Rio besuchen könnte. Sie arrangierte dieses Alibi für ihre Eltern. Um ihr die Tickets zu überreichen, machte ich Folgendes: Jeder kennt die Waren, die, auf ein weißes Isopor-Schälchen gelegt, mit einer Klarsichtfolie umhüllt zum Verkauf angeboten werden. So verkauften auch wir im Chalet Alemão unsere selbst gebackenen Plätzchen. Ich nahm statt einem Schälchen zwei, legte die Tickets dazwischen und ließ ihr die Plätzchen in der Uni übergeben. Ein Weekend mit meiner Liebe – halleluja! Da – tsch…! – zischelte es aber gewaltig aus allen Ecken. Ich holte sie vom Flughafen in Rio ab und es zeigte sich, was es für einen Sinn hat, ein wenig mehr zu verdienen. Zwei Tage und Nächte in einem Top-Hotel am Strand von Cabo Frio mit Musik, Tanz und Zärtlichkeit. Amor, Amor und Amor. Der Apfel in Edens Garten war gegessen, aber mit Stiel und Kernen.

Zurück in Belo Horizonte war das übliche Verstecken spielen vor Eltern, Freunden und Umwelt nicht mehr möglich. Ihre Mutter war eine sehr nette, warmherzige Frau und ihr Vater ein schon sehr selbst gemachter Handwerksunternehmer, Brasilianer mit Gewehr und Pistole im Nachtkästchen. Aber wo die Liebe hinfällt, fürchtet sie sich nicht vor dem Kampf und lässt sich auch nicht mit Waffen abschrecken. Die Begeisterung über einen Freund, doppelt so alt, verheiratet, mit drei Kindern, stellt jede heute präsentierte Filmkomödie zu dem Thema in den Schatten. Aber wie wir alle wissen, dagegen, was sich Frau und noch dazu Tochter in den Kopf setzt, ist jeglicher Widerspruch vergeblich. Und so lebten wir unseren siebten Himmel und wenn sie nicht gestorben sind …

Gut, so einfach war es dann doch nicht. Meine Gattin blieb noch einen und dann noch einen und noch einen Monat in München, sie kam aber wieder. Zwar erst nach sechs Monaten statt einem, aber sie kam. Auf Grund des Ist-Zustandes unserer Ehe hatte ich keine moralischen Bedenken wegen meiner neuen Beziehung, was natürlich jeder anders sehen wird. Aber oje! Jetzt ging's los. Sie war koreanisch furios und brachte es so weit, dass ich nicht mehr ins Chalet, die Wurzel unserer gastronomischen Welt, gehen konnte. Sie machte ohne Rücksicht auf anwesende Angestellte oder Kunden bei jedem Versuch meinerseits ein Riesengezeter und dies mit körperlichem asiatischen Kampfeinsatz und Geschrei. Unterstützung bekam sie von einem älteren Herrn, Vater des nach São Paulo unfreiwillig geflüchteten Österreichers, der immer wie der Wächter eines Löwengeheges herumstand.

Kurzum, ich zog ich von zu Hause aus und suchte mir in der Nähe unseres Hauses eine neue Wohnung und zum Überleben einen neuen Job. Die Kinder kamen Gott sei Dank aber immer zu mir. Für die Firma Goldinvest verkaufte ich Gold in Barren. VIP-Kunden hatte ich ja genügend. (Heute, im Juli 2011, wird Gold neben Immobilien als sicherer Hafen bewertet, es hat sich in den letzten zehn Jahren von 275 auf 1.626 US-Dollar um mehr als das Fünffache verteuert.) Trotz aller Maßnahmen gegen mich versuchte meine Frau gleichzeitig alles, um mich von Daisy zu trennen. Sie besuchte sie und ihre Familie solange und operierte mit allen psychologischen Taktiken, bis diese mir nahelegten, meine Daisy nicht mehr zu besuchen. Ich war verliebt, wartete stunden- und nächtelang, mich vor den Waffen ihres Vaters versteckend, und stieg sogar unter Lebensgefahr in ihr Haus ein. Gut, er hat mich nicht erschossen, aber es war das letzte Mal, dass ich in Daisys Nähe kam. Ich war todunglücklich. In der Nacht saß ich in der Pianobar und weinte zur Musik. Aber wie alles ungewollte Unglück bringt es auch Glück mit sich.

In meinem Schmerz ging ich wieder in die Kirche, im Glauben an meinen Gott um Hilfe bittend. Wie bei vielen, so hatte auch bei mir die Kirche nur bei den religiösen Festen meiner Kinder in der christlich orientierten Schule, den verschiedenen Sakramenten und den Feiertagen an Ostern und Weihnachten eine Rolle gespielt. Gott und diesem Tag und letztlich dem Umstand des Trauerns sei Dank, ist er bis heute mein treuester Weggefährte, Freund und Helfer. Es bedarf keines Trauerns und keines Schmerzes, um mit ihm zu gehen. Es reicht jeden Tag ein Danke für sein Geschenk, glauben zu dürfen. Übrigens, für alle Glaubenszweifler und selbst ernannten Realisten möchte ich eine Zeile von Khalil Gibran zitieren, die ich von meinem heute liebsten und für mich besten und aktuellsten Überbringer von Gottes Wort und Glaube, erhalten habe, dem Prediger und Pfarrer Reinhold Henninger:

„Vertrauen ist eine Oase im Herzen, die von der Karawane des Denkens nie erreicht wird."

Unsere Ehe, die ja ohnehin nurmehr eine Geschäftsbeziehung war, konnte schon bald nicht einmal mehr diesen Status für sich beanspruchen. Da passierte es, dass ich frühmorgens gegen 7 Uhr das Restaurant des Chalet Alemão aufsperrte und mir sofort zwei Männer nachfolgten, ein Schwarzer und ein Weißer, die mich mit Pistolen bedrohten und Geld von mir erzwingen wollten. Bad Deal, die Kasse mit den Tagesumsätzen und dem Geld war ja nicht mehr mein Revier, sondern das meiner Frau. Sie nahmen mich in ihre Mitte und zerrten mich aus dem Restaurant in einen alten baufälligen, vor dem Haus geparkten hellgrünen Opel Kadett. Auf der Straße wehrte ich mich so stark, dass ich die Beifahrertüre aus den Angeln riss. Eine Angestellte des Friseursalons nebenan beobachtete alles und ich schrie ihr noch zu, die Polizei zu rufen. Die Typen rasten mit mir wie verrückt durch die Straßen, bis sie zu meiner Überraschung an der Seite einer grünen Minna hielten. Gut, in Brasilien ist die nicht grün, sondern eine Art Kastenwagen in Weiß und Grau. Der komplett geschlossene Passagierraum für Festgenommene war nur mit einer aus Eisen gefertigten Sitzbank ausgestattet. Hier half kein Toben oder Schreien, man würde es kaum hören und wenn, würde es niemanden wundern oder zu irgendeiner Aktion bewegen. Gut, jetzt wusste ich, dass die wahrscheinlich von der Polizei waren, denn auch in Brasilien ist ein gestohlener Polizeiwagen sehr unwahrscheinlich. Sie wiederum fuhren wie die Irren mit gefühlter hoher Geschwindigkeit und für mindestens 30 Minuten in alle Himmelsrichtungen. Ich erinnerte mich an meine Besuche beim DOPS in São Paulo und an die Todesschwadron. Was hatten die vor, wo fuhren sie hin?

Das Auto hielt, sie holten mich heraus und ich konnte sehen, wo ich war: mitten im Hauptquartier der Polizei von Belo Horizonte. Auweia, das kann nichts Gutes bedeuten. Sie schleppten mich in irgendeines der Stockwerke und brachten mich zuerst in ein Zimmer, wo permanenter Personenverkehr durch die im Präsidium arbeitenden Frauen und Männer herrschte. Man drängte mich und drohte mir, um Geld aus mir herauszupressen. Aber als Goldinvest-Verkäufer gilt das Motto: Wo nichts ist, da kann man auch nichts herzaubern. Für diese Gauner von Polizisten leider kein nachvollziehbares Argument. Schließlich konnten sie ja nicht wissen, dass ich nurmehr der Pro-forma-Inhaber unserer Geschäfte war. Sie befohlen mir, mich nackt auszuziehen und auf den Boden zu setzen. Nachdem der Personenverkehr, von dem weiblichen Putzgeschwader bis hin zu allen möglichen Personen und Krawattenträgern, weiterhin eine gleich konstante Frequenz zeigte und keine besondere Notiz von mir, dem am Boden sitzenden Nackten, nahmen, konnte ich davon ausgehen, dass dies „business as usual" war. Um ihren Forderungen Nachdruck zu verleihen, kamen sie mit einem circa ein Meter langen und fünf Zentimeter dicken Holzstock, an dessen Ende ein Stück eines Autoreifens genagelt war. Einer der in der Zwischenzeit zahlreicher gewordenen Polizisten und Zuschauer setzte sich zu mir gewendet und in mein Gesicht glotzend auf meine Schienbeine und ein anderer versetzte mir mit dem Folterwerkzeug Schläge auf meine Fußsohlen. Da rächte sich der Autoreifen für die tausende auf seine Kosten gefahrenen Kilometer, nur weil wir unsere Füße schonen wollen. Um nicht als Vollinvalide oder drei Fuß unter der Erde zu landen, versuchte ich Kompromisslösungen wie mehrere Schüttelschecks in die Zukunft oder Wechsel. Doch einem Nackten in die Tasche zu greifen geht auch bei größter Anstrengung und Kompromissbereitschaft aller Involvierten nicht. Also transferierte sich die Fortsetzung der mehr als einseitigen „Verhandlungen" auf den nächsten Tag. Ein Glück, dass es hier keine deutschen Wintertemperaturen gab, denn sie ließen mich nackt in dem Zimmer zurück, ohne jegliche Schlafunterlage, Essen oder Trinken, aber auch ohne abzusperren. Mein Rechtsanwalt und guter Freund, derselbe, mit dem ich mit des Ministers Bürgschaftszusage die Finanzierungen der deutschen Unternehmen durchgezogen hatte, war wiederum ein Freund des Polizei-Delegados für Drogen, der sein Büro einen Stock über meinem Aufenthaltsort hatte.

Nachdem ich ja doch schon Jahre lang ein sehr bekannter Mann, hier würde man sagen: VIP, am Ort war, hatte meine Entführung in allen Medien große Aufmerksamkeit erzeugt und offiziell war die ganz Polizei mit Hubschraubern und allem sonst Notwendigen unterwegs, um mich zu finden. Aber schon am nächsten Morgen, als mein Anwalt im Revier erschien, wurde ich freigelassen. Auf Grund des Medienrummels und aus Angst vor Aufdeckung der Sauerei drohte man mir mit der Tötung meiner Kinder, sollte ich irgendwann irgendjemanden von dem Vorfall erzählen.

Auch für mich ist es verwunderlich, dass ich nach Verlassen des Präsidiums die ganze Sache so empfand, als ob sie mir erzählt geworden wäre, quasi als außenstehender Beobachter. Ich nehme an, dass es sich hier um eine natürliche Schutzreaktion des eigenen Ichs handelte und dies gleichzeitig der Grund dafür ist, bei Musik wiederum so nahe am Wasser gebaut zu sein.

Zu Hause angekommen, war für mich klar, dass sich die ganze Familie in großer Gefahr befand. Meine Gattin, die mir sowieso nie verziehen hatte, dass ich sie nach Brasilien brachte, stimmte dem Vorhaben, nach Deutschland zurückzukehren, vor allem wegen der Kinder sofort zu. Innerhalb kürzester Zeit versuchten wir das in den letzten zehn Jahren Geschaffene zu verkaufen. Bis auf das Chalet, und auch hier nur mit vordatierten Wechseln an einen Banker der Banco Rural, war das ein schwieriges Unterfangen. Die Wechsel natürlich nur unter der Bedingung, sie an meine Frau auszuhändigen. Meine Frau wiederum vertraute diese zur Realisierung und eventuellen Eintreibung ihrer besten Freundin, einer Koreanerin, Geschäftsfrau in der Modebranche, an. Meine Frau war als Gastronomin eine seltene Ausnahme, da fast alle Koreaner in der Textilbranche und hier meistens in Boutiquen arbeiten.

Die Erfahrungen mit den Landsleuten meiner Frau zeigen, dass sich deren Geschäfts- und Freundschaftsverhalten vom westlichen unterscheidet. Bei Erfolg eines neu eröffneten

Geschäftes an einem neuen Standort kamen sofort weitere Koreaner und eröffneten in unmittelbarer Nachbarschaft ebenfalls eine Boutique, am besten als direkte Nachbarn. So kam es natürlich immer wieder zu Stresssituationen unter den „Freunden". Auf der anderen Seite war es das ideale Werkzeug für rasantes Wachstum, auch für in Brasilien neu angekommene Immigranten. Sie hatten es nicht nötig, die im Endeffekt nutznießenden und wenig leistenden Banken um Kredite zu bitten. Das System ist einfach: Jeder Geschäfts- oder Privatmann, der sich an einer Finanzierungsgruppe beteiligen wollte und dafür einen Bürgen in der Gruppe hatte, zahlte monatlich einen bestimmten Betrag in die Gruppenkasse ein. Bei zum Beispiel 20 Beteiligten mit je 2.000 € stehen monatlich 40.000 € zur Verfügung. In 20 Monaten wird jeder der Partizipierenden 40.000 € nutzen können, je nach Bedarf oder Verlosung und ohne die in Brasilien bis heute sehr hohen Zinsen. Gemäß seinem Einkommen kann sich jemand an verschiedenen Gruppen beteiligen und so seine Basisinvestitionen finanzieren.

Nun, unsere Entscheidung zur Rückkehr gestaltete sich eher wie eine Flucht. Das Castello, das „Balloon", das Peteca, die Delikatessenfiliale, den Partyservice und alle anderen Geschäfte konnten wir kurzfristig nicht verkaufen und so blieben sie, wo und wie sie waren. Mit wem und wie sie das Geschäft organisierten und operierten, weiß ich bis heute nicht. Ein Geschäftsatlantis in Belo Horizonte, das verlorene Unternehmen. Das Verfahren wegen der Raststätte war bei Gericht. Unser Freund Benedito Alberto Cavalcante oder Bene aus Rio de Janeiro, der uns ja immer geholfen hatte, wo er nur konnte, wurde krank mit Parkinson oder Alzheimer. Da er keine Nachfolger hatte, übernahm Richardson Valle, der Direktor der Mercanti Itaipava, einer seiner besten Freunde und fast wie ein Sohn, zusammen mit Frau und Kindern seine Pflege. Wie wir später erfuhren, soll Bene ihn als Alleinerben seines gesamten Vermögens eingesetzt haben. Sein seltsames Verhalten, dass er jedem, der zu Bene wollte, den Zutritt in seine Wohnung verweigerte, könnte dadurch erklärbar sein. Das machte einen Besuch natürlich unmöglich. Die Begründung war immer die Anordnung des Arztes. Auch telefonisch war es nicht mehr möglich, ihn zu erreichen ... Ja, ja, das „liebe" Geld und die Gier. Auch über seinen Socio Pedro oder seine Freunde war nichts zu erfahren. Socio und Richardson sollen im Streit gelegen haben. Auf jeden Fall starb mein lieber Freund, den ich bis heute in mein tägliches Gebet einschließe, ohne dass ich es erfuhr, und so durfte ich ihn nicht auf seinem letzten Weg begleiten. Hier fällt mir dazu die Aussage Arthur Schoppenhauers ein, die ich auf Facebook bei einem Freund meiner jüngsten Tochter las: „So treibt das Bedürfnis der Gesellschaft, aus der Leere und Monotonie des eigenen Innern entsprungen, die Menschen zueinander; aber ihre vielen widerwärtigen Eigenschaften und unerträglichen Fehler stoßen sie wieder von einander ab."

Bene war sicher die Person, die mich in meinem Leben am meisten und in jeder Situation unterstützt hat. Wie ich aus Internetrecherchen ersehen konnte, soll auch das gesamte Pedro-Imperium im Kfz-Handel mit Millionen an Vermögenswerten in einer Insolvenz aufgegangen sein. Auch hier eine Familie deutscher und portugiesischer Abstammung, die mit viel Fleiß viel geschaffen und, wie es scheint, wieder verloren hatte. Aber ich bin überzeugt, sie alle einmal wiederzusehen.

2.

Aber zurück in meine Realität in old Germany. Nun gut, meine – jetzt schon mehrmalige – Erfahrung mit einer Rückkehr in die Heimat konnte sich ja durchaus sehen lassen, aber es waren doch seit der letzten mehr als zehn Jahre vergangen und daher war es erneut sehr gewöhnungsbedürftig. Da kann ich nur an Ravels Bolero erinnern. Früher, ganz alleine war es ein Abenteuer – juhu! Nur für mich verantwortlich, ein Dach über dem Kopf, nicht frieren und a bisserl was zum Sattwerden. Aber jetzt mit drei brasilianischen, nicht Deutsch sprechenden Kindern im Grundschulalter und einer Frau, die nur aus der Situation heraus an meiner Seite stand und wirklich gut nur Koreanisch sprach – ohne Haus und Hof und ohne Arbeit! Demut und Bescheidenheit und damit das Lebensglück in Kopf und Hand, aber mit der Verantwortung für vier von mir Abhängige? Aber wie wir alle wissen oder wissen sollten: Weinen und Jammern stillt weder Hunger noch Durst und schafft auch kein Dach über dem Kopf. Also besorgten wir uns eine möblierte Zwei-Zimmer-Wohnung in der Müllerstraße nächst dem Sendlinger Tor. Das Viertel konnte damals als rosa bzw. pinke Zone bezeichnet werden, wenn ihr wisst, was ich meine. In der Nähe eine Menge einschlägiger Bars und Clubs. Mein Sohn und meine älteste Tochter wurden sofort in die zur Gegend gehörende Schule eingegliedert, in eine deutschsprachige Klasse, wohlgemerkt. Sie behaupteten sich, papa- und mama-like mit Erfolg. Unsere kleine Kiki befreundete sich mit einem gleichaltrigen Mädchen, die mit ihren Eltern unter uns wohnte. Sie waren Franzosen und somit fing sie an, Deutsch mit einem ganz starken französischen Akzent zu sprechen. Aber auch dies hat, wie wir später sehen werden, ungeahnten Zukunftsnutzen gebracht.

Ohne das ganze Dienstpersonal und ohne Auto mit Chauffeur hieß es wieder selbst Hand anlegen und die Linie 8 der Straßenbahn zu nutzen. Meine Gattin musste sich um das Kerngebiet einer Hausfrau kümmern. Da fällt mir das Lied „I ko ned putzen, ko ned waschen, ko ned kocha, I ko …" ein. Aber so schlimm war es ja auch nicht und vor allem tat es den Kindern gut, mehr mit ihrer Mutter zusammen zu sein. Das mit dem Kochen wäre ja auch ungerecht.

Ja, ich war wieder da wie der Ochs, der einen Riesenkarren vor sich herschiebt, wie Matthias immer zu mir sagte. Aber ich bekam sofort wieder einen Job als … – drei Mal darf geraten werden – … ja, als erfahrener Kellner und Gastronom. Das Assado Steakhaus, von Herrn Grubers Gnaden, stellte mich in seiner Filiale in der Schwanthalerstraße ein. Jawohl, alles begann wieder von vorne. In der Lage und Gott sei Dank der einzige für mich erkennbare und seriöse Weg. Ich könnte es ja jetzt spannend machen, but it was the same way like always. Vom Kellner mit Trinkgeld und Grundgehalt in Filialen am Rotkreuzplatz und in der Leonrodstraße zum stellvertretenden Geschäftsführer des Maredo Steakhauses am Rindermarkt. Schon passierten wieder die positiveren Ereignisse. Eigentlich auch wie immer!

In der Zwischenzeit waren wir von der Müllerstraße in die Hilblestraße in der Nähe des Leonrodplatzes gezogen, die fast gegenüber der Assado-Filiale in der Leonrodstraße lag. So ging ich wieder jeden Tag zur Arbeit, mich um meine Gäste und um das Personal kümmernd.

Manfred Holl, Mitgründer des Steakhauses, ja der Steakhauskette im Jahr 1973, hatte die Idee aus einem Auslandsaufenthalt in den USA mitgebracht. Der Name wurde aus jeweils zwei Buchstaben der drei Gründernamen gebildet. Es gab über 50 Standorte mit 1.700 Mitarbeitern. Der Nettoumsatz betrug im Jahr 2009 98 Millionen €. Das Fleisch wird aus südamerikanischen Ländern importiert, vor allem aus Argentinien und Brasilien. Auf den langen Reisen in den Schiffen bis Deutschland hat es bei etwa vier Grad Celsius Zeit, um die richtige Reife zu erreichen.

Jeder Griller wie auch jeder Geschäftsführer, also auch ich, musste eine Schulung mit Prüfung und Diplom absolvieren. In der Zwischenzeit zeigte der Zeiger auch in finanzieller Hinsicht wieder leicht nach oben, so dass wir uns einen grünen Renault R4 zwar mit Anzahlung, aber mit Kredit kaufen konnten, um mit dem gesamten Trupp von fünf Personen der Arbeit, der Schule und dem ganzen Hin und Her, das dabei entsteht, gerecht zu werden.

Während ich meine Karriereleiter wieder hochzuklettern begann, rief sich meine große Liebe Daisy unerwartet wieder ins Gedächtnis zurück. Aber nicht in meines, sondern in das meiner Frau. Beim Sortieren meiner Socken, für was auch immer, tauchte doch ganz plötzlich und mittendrin einer der sexy Strapse von Daisy auf. Mona, anstatt ihn als weiblich neugieriges Wesen anzuprobieren, packte meine Koffer, rief ein Taxi und ließ mir durch unsere Silke den Straps mit den dazugehörigen Koffern im Maredo übergeben. Ich war natürlich mitten in der Arbeit, als mein kleiner Spatz mir alles übergab und wieder nach Hause fuhr. Kurzum – ich wurde herausgeworfen aus der eigenen Wohnung. Zu meinem Glück kam sofort die Reaktion meines Schutzengels. Nein, nicht in Form einer neuen Lebensgefährtin, sondern einer neuen Wohnung. Einer der Geschäftsführerassistenten war nach Frankfurt versetzt worden und gerade an diesem Tage umgezogen. Sofort übernahm ich dessen Wohnung in der Rablstraße in der Nähe der Rosenheimer Straße, wobei es sich mehr um ein möbliertes Zimmer mit einer in einem Schrank versteckten, eingebauten Küche und Bad handelte. Na ja, für einen momentanen Junggesellen war es ausreichend. Das Drama an der ganzen Angelegenheit bestand darin, dass mir Mona bei meinen Versuchen, wieder nach Hause zu kommen, um meine Kinder und den Hund zu sehen, keine Chance gab. Wahrlich keine wunderbare und erinnerungswerte Zeit, aber wie schon immer bewiesen werden konnte: Die Zeit heilt nicht immer die Wunden, aber sie harmonisiert auf jeden Fall, so dass es mir bald zumindest möglich war, die Kinder zu sehen. Und auch den Hund. Mona zu sehen, nun ja, danke vielmals. Das Wesentliche für sie war die Höhe meines monatlichen finanziellen Beitrages.

Um die Zeit zu nutzen, machte ich ein Kurzpraktikum in der Filiale an der Zeil in Frankfurt am Main, heute eine der umsatzstärksten Einkaufsstraßen Europas. Nach dieser Fortbildung schlug man mir vor, den Aufbau, die Organisation und die spätere Geschäftsführung des Maredo-Projektes am Hauptmarkt im Zentrum von Nürnberg zu übernehmen. Der Hauptmarkt mit dem bekannten, schönen Brunnen und dem in der Nacht wunderschön beleuchteten Frauendom wie auch dem ebenfalls weltbekannten Nürnberger Christkindlesmarkt.

Es handelte sich um eine Millioneninvestition. Der Gästebereich des Restaurants entstand im ersten Stock neben einem berühmten Kaffeehaus. Die Terrasse, von beiden Seiten durch Treppen zu erreichen, erhielt mehrmals den Preis für die schönste Blumendekoration der Stadt. Im Erdgeschoss waren die Kühlhäuser mit unterschiedlichen Innentemperaturen untergebracht, denn Maredo hatte, um seinen hohen Qualitätsansprüchen gerecht zu werden, je einen Kühlraum für Fleisch, Gemüse und Getränke. Soweit ich mich erinnere, hatten wir an die 45 Tische, also um die 200 Plätze. Als Personal stellte ich etwa 50 Personen für Service, Küche, Grill und Housekeeping wie auch zwei Assistenten ein.

In meinem privaten Leben unternahm ich alles nur Mögliche, um weiterhin mit meinen Kindern zusammen zu sein. Es gelang mir, in Winkelhaid ein über die A 3 etwa 35 Kilometer oder eine gute halbe Stunde von meinem Arbeitsplatz in Nürnberg entferntes Haus zu mieten. Es lag am Bahndamm und hatte einen dieser wunderschön geformten Pools, der durch hohe Tannenbäume getrennt zur Straße hin lag. Dahinter die über ein paar Stufen zu erreichende und aus hellem Steinboden gefertigte, sehr schöne und große Terrasse mit offenem Kamin und Zugang zum Wohnzimmer.

Auf gleichem Niveau rechts daneben ein sehr großes Fenster zu einem Raum, den ich später als Büro nutzte. Darunter die Zufahrt zur Tiefgarage. Vom Gartentor geradeaus ging es links über ein paar Stufen mit einem kunstvoll gefertigten Metallgeländer hinauf zum Hauseingang. Rechts davon der Garten mit Laubbäumen und weiter hinten nach links der Garten an der Rückseite des Hauses mit den hohen Tannen. Das Grundstück hatte nach vorne einen kunstvoll gestalteten Eisengartenzaun und nach hinten zum Bahndamm war es durch eine Steinmauer abgegrenzt. Wie schon der Straßenname verrät, lag es am Bahndamm und war folglich den damit verbunden Geräuschen vorbeifahrender Regionalzüge ausgesetzt. Nothing is perfect, dafür aber zu einem, noch dazu für München, überaus günstigen und für mich erschwinglich erscheinenden Mietpreis.

In die Eingangshalle kommend rechts gab es eine kleine Umkleidegarderobe und ein paar Meter weiter, kurz vor der Treppe zum Aufgang in den ersten Stock, einen wirklich wunderschönen Springbrunnen aus Kupfer. Archi erinnert sich bis heute noch genau daran, denn es war eine Sauarbeit, diesen von Zeit zu Zeit zu putzen, aber es war halt sein Revier. Im ersten Stock die Schlafzimmer für jedes Kind mit Bad und Toilette sowie eine komplette Suite, ursprünglich als separate Einliegerwohnung gedacht, für mich und … wer weiß, die Zukunft (-künftige)? Im Keller dann Räume für verschiedene Funktionen wie auch eine Sauna. Im Winter konnte man von dieser aus direkt durch die Hintertür in den Schnee: Tolle Sache: home-made Kneippkur.

Nachdem ich oder wir die Scheidung eingereicht hatten, ging es vor allem um die Kinder, das Sorge- und Besuchsrecht und wie immer auch um das liebe Geld. Wenn man die Basis mit dem Haus und den schulischen Möglichkeiten mit ihren positiven Zukunftsaspekten für alle Kinder in Betracht zog, sah es nicht schlecht für mich aus. Bei dem Termin am Amtsgericht in der Pacellistraße stimmte Mona meinem Sorgerecht bei 14-tägiger Besuchs- und Wohnmöglichkeit in meinem Hause zu. Ich hatte auf jeglichen finanziellen Beitrag ihrerseits verzichtet, so dass diese Verantwortung zu hundert Prozent bei mir verblieb. Erwähnenswert ist aber, dass sie mich, nach dem gesamten Geheule und Gezeter vor Gericht, plötzlich frohgemut zu einem Kaffee ins damals nebenan gelegene Mövenpick-Restaurant einlud. Das Amtsgericht in der Pacellistraße erinnerte mich an die gut 15 Jahre zurückliegende Anzeige in der Autobörsen-Angelegenheit, wegen der ich vor allen Passanten in Handschellen aus der grünen Minna heraus ins Amtsgericht geführt worden war.

Es war nun kaum ein Jahr seit der Brasilienrückkehr vergangen, vier Umzüge, drei Arbeitsplätze und eine Scheidung. Mit Schwung und Optimismus als verantwortlicher Papa von drei Kindern im Alter von zwölf, zehn und sechs Jahren. Anfangs mit gebrauchten Möbeln von meinem Bruder Harry und Freunden, dann schön langsam mit viel neuem Mobiliar das Haus dekoriert. Es wurde rundherum ein gemütliches und schönes Heim. Die Haushaltsaufgaben wie Abspülen, Abtrocknen, Staubwischen und -saugen, Wäsche waschen und was sonst anlag wurden unter den Kindern verteilt, wobei die Hilfe meiner ältesten Tochter, die noch nie irgendeinen Ärger bereitet hatte, in der Gesamtführung sehr wichtig war. Dabei hat sie sich bis heute eine leicht autoritäre Verhaltensweise angeeignet. Gut, ihr Ehemann hat „vielleicht" ab und zu damit zu kämpfen. Kiki kam in die erste Klasse und obwohl sie ja nicht Deutsch konnte, war es ihr möglich, das in Brasilien in der Vorschule Gelernte so weit umsetzen, dass sie las, ohne den Inhalt zu verstehen. Ja, über die schulische, auch vorschulische Ausbildung in Brasilien gab es nichts zu meckern. Auch die anderen Geschwister gingen in die Penzenhofener Grundschule. Diese lieben, fleißigen und, mit Stolz meinerseits gesagt, auch intelligenten und herzlichen Kinder machten es möglich, das schulische wie auch das normale Leben im normalen Tagesrhythmus in jeder Hinsicht mit Bravour zu meistern.

Die Funktion als Geschäftsführer des neu eröffneten Restaurants mit der großen Verantwortung nahm ja doch sehr viel meiner Zeit in Anspruch. Zur Weihnachtszeit, wenn der Christkindlesmarkt startete, bildeten die auf einen Tisch wartenden Gäste lange Schlangen, während der gesamten Öffnungszeit und sieben Tage die Woche. Gastronomie eben. Aber außerhalb des Weihnachtsgeschäftes liebte ich den Trubel. Obwohl natürlich nicht nur Betreuung am Kunden, sondern auch die Erledigung einer ganze Menge von notwendigen Verwaltungsarbeiten, Einkauf, Lagerhaltung, Personalplanung und -schulung, Instandhaltung, monatliche Ergebnisbeurteilung und die Konsequenzen daraus angesagt war. Die Personalverwaltung hat mir noch nie groß gefallen. Speziell wenn es darum ging, Personal zu entlassen. Ich erinnere mich an die Banco Bozano, wo eine Anweisung von der Hauptverwaltung zur Reduzierung von Personal kam. Da ich mich nach den klaren Kriterien der Rentabilität der Mitarbeiter richten musste, konnte dies natürlich zu starken sozialen Verwerfungen kommen. Ich kann mich noch an einen ganz konkreten Fall vor über 30 Jahren erinnern. Ein schon älterer Mann, vor nicht langer Zeit mit Frau und behindertem Kind nach Brasilien immigriert, schaffte es nicht so richtig, die Erwartungen an seine Aufgabe zu erfüllen und die erwarteten Resultate zu bringen. Es blieb mir nichts anderes übrig, als ihn zu entlassen. Ich versuchte alles, um dies zu verhindern. Ihn vielleicht vom Business- in das Consumer-Department oder in eine interne Verwaltungsstelle oder an die Kasse zu versetzen. Auch besprach ich den Fall mit dem Headquarter und meinem Vorgesetzten. Aber no way, es gelang mir nicht. Ich fühlte mit dem Mann und seiner Familie – weinte darüber, vorher, während der Entlassungsmitteilung und nachher. Es war auch mein erstes Mal. An solche „bad acts" gewöhnt man sich eben genau so schnell wie an „good ones".

Zurück zum Maredo und seiner Spitzenqualität an Service, Sauberkeit, Speisen und Getränken. Das Unternehmen übergab einer, soweit ich mich erinnere, Schweizer Firma das externe Controlling der Restaurants, wie man es nannte, d. h., sie beschäftigten dafür Einzelpersonen oder Gruppen. Die Personen – alleinstehend, Mann bzw. Frau, in verschiedenen Alters-, Bildungs- und Berufsgruppen wie auch als Paare, Familien, Oma und Opas mit Enkelkindern und andere – kamen unerkannt als Tester in die Restaurants. Nach Verlassen füllten sie dann einen Bogen mit vorbereiteten Ja/Nein-Fragen aus, auf dem sie auch persönliche Statements zu verschiedenen Sektoren wie Sauberkeit, Höflichkeit beim Empfang, während des Aufenthaltes und der Verabschiedung, Wartezeiten, Präsentation und Qualität von Speisen und Getränken, Ambiente, Einhaltung von Öffnungszeiten, Präsenz der Geschäftsleitung sowie auf der Rechnung nicht aufgeführten, aber berechneten Posten usw. notierten. Die Bögen wurden dann nach einem Punktesystem mit verschiedenen Bewertungsgruppen (Noten) ausgewertet und die Resultate nach Einsicht des Managements an die Geschäftsstelle mit den entsprechenden Kommentaren weitergeleitet. Damit diese ganze Investition aber auch unternehmerisch eine gewünschte Wirkung, nachhaltigen Sinn und im Endeffekt die gewünschten Ergebnisse brachte waren unsere Gehälter, meines und das meiner Assistenten, direkt mit dem Resultat dieser Arbeit verknüpft. Je nach Punktegruppen gab es dann Konsequenzen: als Beispiel von 90 bis 100 Punkten (fast perfekt) 40 Prozent mehr als Bonuszahlung, bei 80 bis 90 Punkten 30 Prozent und bei weniger als 60 Punkten eine Abmahnung und bei Wiederholung die Kündigung. Also ein absolut neutrales und nicht durch Mobbing verzerrtes und ehrliches, vierteljährlich erstelltes Bild der Filiale. Helfend, wegweisend, motivierend, aber richtigerweise auch bestrafend. In Fällen von Servicemitarbeitern, die Rechnungsbeträge verlangten, ohne dass diese auf der Rechnung dokumentiert waren, gab es sofort die Kündigung. Alle Mitarbeiter trugen zur Identifikation immer ein Namensschild an der Brust.

Gott, aber auch meiner Berufserfahrung sei Dank war ich immer in den zwei oberen Kategorien angesiedelt. Diese Position wirkte sich natürlich auf mein Gehalt und damit in einer wesentlichen Verbesserung meiner finanziellen Lage und unseres Lebensstandards aus. Schließlich hatte ich ein leeres Haus mit meinen Kleinen, die dort wohnen, sich kleiden, Essen und Spaß haben mussten und sollten. Mit unseren Nachbarn, einem jungen Ehepaar mit einer Tochter im Alter von Kiki, hatte ich bzw. hatten wir bald Freundschaft geschlossen, was für mich als alleinerziehender Vater des Öfteren von Vorteil war. Die Mutter des Mannes war auch die Vermieterin des Hauses, wohnte aber in einer anderen Stadt.

Also halleluja! – Und trotzdem noch nichts Grünes oder Farbiges, sich länglich Schlängelndes in der Nähe oder irgendwo versteckt? Im Moment nicht – es gab ja kein neues weibliches Wesen in meiner Nähe, für diesen Aufwand, positiv oder negativ gesehen, war auch wirklich keine Zeit.

Wir kauften uns einen zusammenklappbaren Tischtennistisch, spielten im Keller oder auf der Wiese und hatten im Sommer einen Riesenspaß im und am Pool. Die Kinder hatten Freunde und es machte Spaß, mit ihnen Geburtstag und andere Feste zu feiern. Auch meine näheren Verwandten wie Bruder mit Schwägerin und Gisa mit Andi ließen sich ab und zu sehen. Archi hat nach über 20 Jahren bis heute noch Kontakt zu einem der Jungen und einem der Mädchen. Ab und zu gingen wir in einen ganz in der Nähe gelegenen Wald zu einem Kinderspielplatz, den sie bald auch ohne mich aufsuchten.

Mona besuchte die Kinder und ich stellte ihr dazu immer das ganze obere Stockwerk zur Verfügung. Ab und zu zahlte ich den Kindern auch das Ticket für die Bahn, damit sie ihre

Mutter in München besuchen konnten. Eines der größten Familienfeste war Kikis Taufe. Weil sie noch nicht getauft war, legten wir diese mit der ersten Kommunion zusammen. Sie war ja doch schon fast im Alter von zehn Jahren, also wurde es allerhöchste Zeit.

Da es mein Bestreben war, mehr mit meinen Kindern zusammen zu sein und auch das Eremitenleben bezüglich des anderen Geschlechtes nicht genau als mein Lebensstil zu bezeichnen war und zudem zukünftige fingerdicke Krampfadern an den Beinen nicht mein Wunsch waren, fing ich an, mich für andere Aufgaben im Beruf zu interessieren und bald auch aktiv zu bewerben. Meist handelte es sich dabei um kaufmännische Führungspositionen im Vertrieb. Mir ging es darum, meine Visionen von einem besseren Leben, die von anderen als Abenteuer betrachtet wurden, in die Realität umzusetzen.

Wer suchet, der findet – so auch ich. Auf eine von mir geschaltete Anzeige und die Zusendung eines meiner sehr variablen Curricula Vitae hin lud man mich zum Vorstellungsgespräch. Gastronomie, Bank, Tourismus? Nein, Altpapier und dies im Export. Gut, Altpapier kannte ich vielleicht durch alte Zeitungen und Toilettenpapier, aber Export? Da fällt mir gar nichts zu ein. Aber die werden schon einen Grund haben, mich als Exportleiter für den Altpapiergroßhandel zu interviewen. Unglaublich, aber wahr: Ein Herr Brunner, Vertriebsleiter der Firma Rhode Süd im Nürnberger Hafen, stellte mich an. Das Unternehmen gehörte zu einem der großen Papierkonzerne weltweit, der österreichischen

Meyr-Mellnhof Karton AG in Wien. Als Experte in Papier und Export wurde es meine Aufgabe, den europaweiten Exporthandel voranzubringen. Wer in der Bank, in der es auch Exportfinanzierungen gibt, arbeiten und Würstchen in mehreren Sprachen verkaufen kann, kann dies auch mit Papier und ganz egal, ob in Rom, Prag, Zagreb, Amsterdam oder Hintertupfing, dachte ich.

Nach einer Einarbeitungszeit, um das Geschäft, speziell die zahllosen unterschiedlichen Altpapiersorten und unsere Kunden im Ausland kennenzulernen, war ich bereit zu Neuem. Ich war stolz und glücklich und … und … es war einfach toll. Zu erwähnen sind natürlich die Konditionen. Ein gutes Gehalt, als Firmenauto einen 525er BMW mit einem der ersten Autotelefone überhaupt. (Erst ab 1989 gab es für das C-Netz die ersten Handapparate, die wegen ihrer Größe, Farbe und Form „Briketts" oder „Hundeknochen Das Unternehmen wurde 2005 in einem Management-Buy-out durch die Geschäftsführung und den Private Equity Fonds GEP übernommen, zuvor gehörte es dem britischen Whitbread-Konzern." genannt wurden. Obwohl sie nach heutigen Maßstäben klobig und mit anfänglich circa 12.000 DM sehr teuer waren, so waren sie letztlich die ersten Handys. Gut, das von mir genutzte hatte um die 4.500 DM gekostet.) Es war wie ein kleiner Koffer mit einigen Kilo Gewicht und auch außerhalb des Autos trag- und verwendbar. Ein Hingucker allemal, wie wenn heutzutage ein Ferrari vorbeifährt. Mit dem Unterschied, dass sich nach dem Vorbeifahren des Ferraris, zum Unglück des Fahrers, niemand mehr an sein Gesicht erinnern kann, während das Handy immer an deiner Seite hing oder stand. Also ein dich permanent begleitendes Statussymbol und Anmacherwerkzeug – ha, ha, ha …

Ich fing an, unsere Repräsentanten in den europäischen Nachbarländern zu besuchen, sie kennenzulernen und neue Geschäfte vorwärtszubringen. Eines unserer Hauptgebiete waren die damals noch unter Zentralwirtschaft verwalteten osteuropäischen Länder wie Polen, Ungarn und die Tschechoslowakei. Unser Hauptabnehmer unter diesen Staaten war Polen. Die verantwortliche Einkäuferin für alle Papierfabriken konnte sich dank ihrer Position als Nutzerin von Babyspielzeug bis zum Kfz wähnen. Zu dieser Zeit hatte ich immer eine Menge Bargeld eingesteckt, um noch eventuelle Notwendigkeiten an den richtigen Stellen sofort und ohne Rechnung zu begleichen. Die Dame versuchte alles, um auch meine persönliche Zugabe in physischer Art zu erhalten. Dies abzulenken und es zu begründen, war immer eines der schwierigsten Aufgaben und erforderte mein ganzes verbales Talent. So war das halt zu der Zeit und ist es wahrscheinlich in jeder Diktatur bis heute mit großer Wahrscheinlichkeit noch üblich. Ende 1989 nach der Öffnung der Grenzen zum Westen, dem Auseinanderbrechen des Warschauer Paktes und der Einführung der freien Marktwirtschaft ging dann alles so, wie es heute die Gesetze bestimmen. Das Geschäft funktionierte in Teilen mit Kontingenten der Sammler von Papierabfällen und Kartonagen in Zusammenarbeit mit den Kommunen (grüne Tonne) und der ihren Abfall direkt sammelnden Industrie sowie auch dem Import aus Fernost und den USA.

Die Abfallverwertungsunternehmen sortierten die verschiedenen Qualitäten von Abfallpapier und pressten sie dann in 500-Kilo-Ballen, die dann meist mit Lkw, Bahn oder Schiff zu den Papierfabriken transportiert wurden, um neues Papier und neuen Karton daraus herzustellen. Für die Altpapierentsorgung zahlt ja jeder Bürger direkt oder über seine Mietnebenkosten einen Beitrag an die Stadt oder Kommune. Diese bezahlt das Müllentsorgungsunternehmen für seinen Service und dies wiederum, den Kreis schließend, verdient am Verkauf des sortierten und gepressten Materials an die Papierfabriken.

Es raschelte im Gebüsch, wenn sie verstehen, was ich meine. Ein durch das Schlängeln im trockenen Laube verursachtes Geräusch. Aber ich gewöhnte mich ja langsam schon an meine Lebensgefährtin, die Schlange. Es heißt ja auch richtigerweise: Wo Licht ist, da ist auch Schatten, und niemand kann dies ändern oder ihm entrinnen. Aber jetzt gab es plötzlich eine neue Dimension. Ein Nest mit mehr als einer, ja mit zwei und drei Schlangen. Gefordert war eine Mehrkampfausbildung.

Um zur Sache zu kommen: Es ergab sich am Papiermarkt die seltene Konstellation, dass der Käufer für den Einkauf der Ware auch noch bezahlt wird. Durch den freien Markt von Im- und Export steigt bei fehlender Ware der Preis. Dafür wurde aber bei hohem Preis der Import aus Übersee motiviert, was dann im Endergebnis den Preis durch Überangebot so drückte, dass sich das Papier nicht mehr verkaufen ließ. Hier waren die mit den Kommunen zusammenarbeitenden Entsorgungsunternehmen im Vorteil, die ja ihre Dienstleistungen bezahlt bekamen und mit diesem Ertrag wiederum ihre Kunden durch eine Zuzahlung halten konnten. Aufgrund der Kosten von Be- und Entladen und dem wesentlichen Kostenanteil, dem Transport war das kein wirkliches Geschäft, erhielt aber bis zur Preiswende den gesamten operationellen Workflow. Die Bruttotonne lag, soweit ich mich erinnere, bei 80 DM frei Haus.

Als erstes Erlebnis aber das neue Abenteuer einer Liebe und das Ende meines als Eremit geführten Lebens. Bei einer meiner Reisen in die damalige DDR lernte ich am Abend in der Nähe Eisenbergs beim Bartanz, wie die Discos in der DDR genannt wurden, meine nächste große Liebe kenne. Gris war ihr Name. Von innen und auch drum herum alles zum Verlieben. Na ja, vielleicht ein wenig jung. Sie war damals 18 Jahre alt und lernte Krankenschwester. Meine Lebensbestimmung, der zweite Teil meines Ichs: Meine weiblichen Partner kamen immer aus dem Gesundheitswesen. Bleibt nur zu hoffen, dass sich das bis zum effektiven Nutzen im fortgeschrittenen Alter beibehalten lässt. Die Mädels aus der DDR-Zeit waren in allem weniger kompliziert, nicht so anspruchsvoll und mit einer gesunden Meinung häuslichen Verpflichtungen und dem Zusammenleben gegenüber ausgestattet. Einfach zum Chillen, wie die Jugend heute sagt. Nach mehreren Treffen zog sie zu uns nach Winkelhaid und arbeitete im circa sieben Kilometer entfernten Klinikum Rummelsberg in Schwarzenbruck als Krankenschwester. Die für mich als aktiven, auch in der Welt herumgekommenen Mann sehr einsame Zeit war zu Ende. Wobei ich die Zeit mit meinen Kindern immer voll genossen habe und für nichts darauf verzichten möchte. Dies geschah auch weiterhin, aber jetzt mit einer Begleiterin und Freundin für meine Kinder, auch und gerade wenn ich auf meinen Auslandsreisen war. Ich glaube, dass alle es genießen konnten.

Bis auf eine Person, wie sich jeder denken kann: die Mona. Gut, sie hatte ja auf mich keinerlei Anrecht mehr, aber sie tat alles, um bei ihren Besuchen den häuslichen Frieden zu stören. So sperrte sie sich im ersten Stock mit Gris ein, ohne die Türe aufmachen zu wollen, bis sie dies dann auf Silkes eindringliches Bitten hin endlich tat. Auch kleine körperliche Attacken waren drin. Sogar auf einer Familienfeier, wie von meinem Bruder beobachtet, so dass wir sie zum Bahnhof brachten, damit sie die Heimreise antrat. Eines Tages, nach einem der ihr rechtlich zustehenden Wochenenden, hatte sie Urlaub und wollte diesen bei uns im Hause verbringen. Das Bitten und Drohen aller brachte keinen Erfolg, so dass ich, nachdem die Kinder zur Schule aufgebrochen waren, trotz meiner für mich wichtigen Lebenseinstellung von Frieden, Harmonie, Kompromissbereitschaft und Gerechtigkeit gezwungen war, die Polizei zu rufen. Eine Schande, aber was hätte ich tun sollen? Die Beamten klärten sie dann auf und wollten von ihr wissen, ob sie nur an sich selbst oder auch mal an die Kinder denke. Mit Sicherheit einer der mit am hässlichsten, aber leider bewusst eingeleiteten Vorgänge in meinem Leben.

Nach einigen Monaten von Gemeinsamkeit und Liebe hatten die Umstände, aber auch der Altersunterschied und das Kennenlernen eines anderen Jungen zum Auszug von Gris nach Rummelsberg und schließlich zur schmerzhaften Trennung geführt. Ich kann mich noch an die folgende Situation erinnern: Wir fuhren im Auto über Land nach Hause, meine

Gris als Beifahrerin, als es mir auf einmal voll zu Bewusst-
sein kam, dass die Frau, die ich liebte, zwar neben mir, aber
in ihrem Herzen nicht mehr bei mir war. Ein sehr schmerz-
haftes Gefühl, zusammen und einander nahe zu sein, aber
trotzdem alleine und einsam. Ich weinte still in mich hinein.
Der Kontakt zu ihren Eltern, speziell ihrem Vater, blieb erhalten. Noch vor der Trennung hatte ich in der beschriebenen
Situation der Papiermarktes – kaufen und noch Geld dafür
bekommen – ungefähr tausend Tonnen Altpapier an eine
vorher planierte Kiesgrube in der Nähe von Eisenberg gelie-
fert. Die Grenzen zur DDR waren damals schon gefallen und
damit war freier Transit möglich. Aus meinem Bürofenster,
das mit längs angebrachten Vorhanglamellen, die die Sicht
von außen verhinderten, ausgestattet war, sah ich, wie mein
Nachbar, unser guter Freund, etwas in den Postkasten warf.
Sobald er weg war, holte ich mir den eingeworfenen Brief.
Es war ein Schreiben, das die Fakten des Altpapierkaufs und
deren Lagerung mit genauen Details beschrieb. Außerdem
die Forderung einer Zahlung von 30.000 DM mit der Dro-
hung, dass im Falle der Nichtbefolgung mein Arbeitgeber
über alles benachrichtigt werde. Name und Telefon des Un-
terzeichners waren aber nicht identisch mit denen meines
Nachbarn, der aber wiederum nicht ahnen konnte, dass ich
ihn beim Einwurf beobachtet hatte. Sehr, sehr ärgerlich, aber
selbst schuld. Gris, die Kinder wie auch ich waren ja immer
mit den Nachbarn zusammen. Bei einem Besuch ihrer Eltern,
bei dem sie das Auto des Nachbarn kaufen wollten und alle
in sein Haus eingeladen waren, hatten sie in vertraulicher
Weise und nichts Böses ahnend von dem Deal erzählt. Aber

erpressen ließ ich mich auf gar keinen Fall und reagierte natürlich in keinster Weise. Ich ließ die angedrohte Frist verstreichen. So vorgewarnt, konnte ich mich auf die weiteren Schritte vorbereiten.

Das Nest mit Schlangen war voll in Aktion und ich hatte alle Hände voll zu tun. Abgesehen von dem traurigen Abschied von meiner geliebten Gris.

Ein Neuanfang beruflich und persönlich. Wieder einmal und wieder einmal. Da ich ja sämtliche in den Monaten als Exportleiter getätigten Geschäfte persönlich abwickelte, verfügte ich natürlich über das erforderliche Netzwerk, um direkt selbst in das Geschäft einsteigen zu können. Die Schwierigkeit lag anfänglich darin, die notwendigen festen monatlichen Kontingente bei den Händlern zu erhalten. Ich gründete mit Gris' Vater als Gesellschafter eine Firma für Rohstoffhandel mit Sitz in Ostdeutschland.

Archis größter Weihnachtswunsch im Jahr 1989 war es, auf einen Computer zu spielen. Damals war der Amiga 500 von Commodore einer der ersten vermarkteten PC, mit dem entsprechenden Preis natürlich. Am Weihnachtsabend ein Drama und zunächst viele Tränen: Ich hatte den PC im Balkonzimmer im ersten Stock aufgebaut, bei der Bescherung dem Archi aber nur die Gebrauchsanweisung übergeben mit dem Versprechen eines späteren Kaufs des Gerätes. Das Gejammer war groß, wurde aber dann gleich durch viel Freude am richtigen Gerät kompensiert. Diesen PC nutzte ich dann zum Leiden Archis, um Angebote, Briefe und die vorgefertigten Exportdokumente auszufüllen. Es dauerte dann auch nicht lange, bis mich die Geschäftsleitung zur Rede stellte und die Entlassung aussprach.

Um bei meinen Reisen als selbstständiger Unternehmer den richtigen Rückhalt in Form eines Backoffice und eines Servicecenters zu erhalten, stellte ich Frau Moni Pfa ein, meine ehemalige Sekretärin bei Maredo. Sie war aus Ostdeutschland, wirklich anpassungsfähig und top in allen Bereichen, auch bei der Betreuung meiner Kids, die sie sehr schätzten. Sie war eine zu hundert Prozent verlässliche Persönlichkeit und auch Mutter von zwei Kindern. Da fällt mir doch ihr Einstellungsgespräch bei Maredo ein, das ich damals mit ihr geführt hatte: Eine junge Frau aus der ehemaligen DDR kam, begleitet von Moni, in mein Büro, um sich vorzustellen. Bei allen Themen und Gesprächen stellte sich Moni als Begleiterin der Bewerberin als wesentlich kompetenter und passender heraus, so dass ich mich am Ende des Termins für sie und nicht für die Bewerberin entschied, was sie dann auch annahm. Für die Kinder war die Gris weg, dafür aber die Moni da. Für mich natürlich ein „kleiner fühlbarer Unterschied".

Mit dem Fixieren von festen Quoten bei den Lieferanten und dem Ausbau schon bestehender neuer Kontakte lief alles doch sehr gut. Ich konnte Repräsentanzen in Italien, Frankreich, Jugoslawien, Ungarn, der Tschechoslowakei und in Polen auf- und ausbauen. Meinen BMW tauschte ich gegen einen silbergrauen Mercedes Benz 280 SE mit Autotelefon. Ein sehr starkes, komfortables, sicheres und schönes Auto, das auch die Zustimmung meiner Kids hatte.

Eines Tages wurden wir, die ganze Familie, von einer meiner guten Papierkäuferkunden nach Zagreb zum Skiurlaub eingeladen. Bei der Ankunft gab es ein feudales Mittagessen über Stunden hinweg und dann ging es eine Woche in das serbische Skizentrum, den Naturpark Kopaonik. Alles auf Kosten unserer Gastgeber. Wir machten aber auch viele Geschäfte in Belgrad. Ab und zu hatten die für uns an den Grenzen arbeitenden Zollabfertiger den Lastwagen zwar nach Turin anstatt nach Mailand und umgekehrt geschickt oder die Ware hatte nicht die vereinbarte Qualität, aber im Großen und Ganzen waren das seltene Ausnahmen.

Unsere größten Abnehmer waren hingegen einige Papierfabriken in Polen. An die alten Zeiten mit ein wenig finanzieller Nachhilfe gewöhnt, wie man dort war, musste man diese Gewohnheit auch weiterhin an der Grenze hinnehmen. Und wie es der Zufall so will, lernte ich eine blonde, gut aussehende Polin, die Jolanta P., kennen. Sie war Ende zwanzig, nicht prüde und hatte als alleinerziehende Mutter einen kleinen, etwa vierjährigen Sohn, den Lucas. Nach einigem Techtelmechtel, wie wir in Bayern sagen, hatte ich zwei neue Mitbewohner in Winkelhaid. Dies zur Begeisterung meiner Kinder. Lucas, weit von dem Erziehungsniveau meiner Kinder entfernt, brachte für mich und meine Kids viele kleine Streitereien, die ich zu meiner Schande doch oft, des lieben Friedens und meiner Kompanie zuliebe, zu Ungunsten meiner wahren Lieblinge entschied. Ein Verhalten, das mir von Herzen leidtut und das ich, wenn dies möglich wäre, sofort rückgängig machen würde. Jola liebte das Reisen, wer nicht? Sie ließ den Lucas in der Aufsicht meiner drei Kinder und meiner Assistentin. Die Armen. Viel Spaß.

Gut, auch ich hatte ihn! Jola war eben der Typ, der aus Osteuropa kam, um sich zu verbessern. Was man ja im Prinzip niemandem vorwerfen kann. Bei der Eitelkeit jedes Mannes kommen Erkenntnisse dieser Art meist aber erst nachträglich und zu spät. In meinem Falle hatte ich die handfeste Ausrede, dass sie mir ja bei meinen Geschäften in Polen half. Was auch nicht ganz von der Hand zu weisen war. Eines Tages nach einem Einkauf in einem Schuhgeschäft in Gdansk war unser neu gekauftes Auto, ein VW-Kombi, nicht mehr zu finden. Er war gestohlen worden. Damals hieß es: Fährst du nach Polen, ist dein Auto schon vor dir da. In unserem Falle hatten wir es noch mitgebracht. Normalerweise ein Versicherungsschaden, kein Problem, ja, wenn sie das Auto nicht nach Monaten wiedergefunden hätten. Die Schäden daran im Endeffekt und im Ganzen gesehen – Kleinigkeiten? Mein Mercedes bekam für 16.000 DM einen komplett neuen Motor mit allem Zubehör.

Im Winter machten wir sogar einen Familien-Ski-Ausflug. Meine Kinder belegten vorher bei Sport-Scheck einen Skikurs, so dass dies auch für „Brasilianer" kein Problem darstellte. Es waren mein Bruder Herbi, Schwägerin Ria, der Neffe Pipo sowie meine Kinder, Lucas, Jola und ich dabei. Viel Spaß und Spesen, wie immer. Dazu kam, dass sich Lucas eine äußerst schmerzhafte Darminfektion holte und ich immer meinte, er solle sich doch nicht so anstellen. Bis ich zur Strafe das Gleiche bekam und voll nachvollziehen konnte, wie schmerzhaft das ist.

Das Leben lief trotz der Schlangen ziemlich rund, aber das Nest war noch nicht leer. In Jugoslawien, wo meine besten

Handelspartner saßen und wo wir auch Draw-Back-Geschäfte machten (Export von Altpapier und Import von neuem Papier), begann der Balkan-Konflikt, der ein Handelsembargo einschloss. Mit anderen Worten, kein Geschäft mehr. Wir konnten anfänglich noch einige Ware über Ungarn liefern, dann aber überhaupt nicht mehr. Weil das nicht reichte, fingen die Polen, als Umsatzland auf Platz zwei, ebenfalls zu spinnen an. Immer häufiger glaubten die Zollbeamten unser Altpapier als Müll deklarieren zu müssen. Meinungsänderungen waren, wenn überhaupt, nur mit den altbekannten üblichen Mitteln finanzieller Art herbeizuführen. Hier 10.000 DM und dort usw. Ein Riesenproblem, da ja unsere Hauptkostenblöcke in der Leistung von Be- und Entladen sowie Transport lagen. Bei Blockaden mussten die Ladungen mehr als einmal be- und entladen, dazu noch gelagert und als Papier versichert werden. Die Gewinnmargen, wenn überhaupt noch von Gewinn zu sprechen war, schrumpften oder ergaben sogar negative Ergebnisse. Sicher hatten wir auch andere Abnehmer, die sich aber auf verschiedene Produkte verteilten. Den Hauptanteil des Umsatzes brachte die Ware mit der niedrigsten Qualität, die aus der grünen Tonne kam und sich am häufigsten im Handel fand. Es stellte sich die Frage, was tun? Abwarten, bis alles kaputtging, das Angesparte alles in die Firma stecken und auf bessere Zeiten warten. Ja, da war sie wieder, die Erkenntnis: Zu mancher richtigen Entscheidung kam es nur, weil der Weg zur verkehrten gerade nicht frei war, wobei es vielleicht auch richtig wäre, das Ganze umzudrehen, also: Zu mancher falschen Entscheidung kam es nur, weil der Weg zur richtigen gerade nicht frei war. Ich glaube, so herum können ich und Sie es doch häufiger anwenden.

Jola hatte einen Bruder in Polen, der uns schon des Öfteren auf Geschäftsreise zu den Papierfabriken begleitet hatte und großes Interesse zeigte, das Geschäft zu übernehmen. Wir entschieden, das Unternehmen zu einem geringen Preis an ihn zu verkaufen, um wieder einmal nach … ja, wohin zu gehen? Jawohl, nach Brasilien, Rio de Janeiro. Alles aufgeben und wieder von vorne anfangen.

Am Wochenende vor meiner Abreise trafen sich meine Brüder mit mir und wir schmiedeten gemeinsame Zukunftspläne, doch bald darauf hieß es: Ade, liebes Deutschland. Der Ältere meiner beiden Brüder hat mir das bis heute nicht ganz verziehen. Was ich auch voll und ganz verstehen kann.

Diese Reise nach Brasilien war in einer ganz besonderen Weise eine der schlimmsten Erfahrungen meines ganzen Lebens. Es ist auch das Ereignis Nummer eins unter ganz wenigen, um das es mir von ganzem Herzen leidtut und wofür ich nur um Verzeihung bitten kann. Was aber trotzdem den angerichteten Schaden bis heute nicht gutmachen kann. Der unten aufgeführte Brief wird dazu einiges erklären. Die Details und die Folgen aber dann in Teil III meiner Lebensgeschichte.

Pfui dem Autor – aber wieder in Brasilien!

Mein Brief an meine Kinder, die Mutter meiner Kinder, meine Brüder, meine Stiefmutter und meine Sekretärin:

„Meine geliebten Kinder, liebe Mona, liebe Brüder, liebe Gisa und liebe Monika,

nach vielen Überlegungen, dem permanenten Druck von Dir, Mona, mit den Kindern zusammenleben zu wollen, und auch als Chance für Euch Kinder, mit Eurer Mama zusammen zu sein, werde ich, wenn Ihr diesen Brief lest, bereits wieder in Brasilien sein ...“

Erster Teil dieser Buchreihe

65 Jahre Freude am Leben – und du?
von Maximilian S. Freund

Zurück zum Wesentlichen: Hartz IV oder Millionär?

Paperback, 96 Seiten
Verlag: Books on Demand GmbH
(November 2011)
Preis: 12,50 Euro
ISBN: 978-3-8448-0388-4

Beide Teile der Reihe gibt es auch als E-Book.

Weitere Informationen zum Autor unter:

www.maximilian-s-freund.de
(ab Januar 2012 werden hier auch die Dokumente, Fotos
usw. zum Buch veröffentlicht)

Facebook: http://www.facebook.com/MaximilianS.Freund